殿下、ちょっと一言よろしいですか？
2
～無能な悪女だと罵られて婚約破棄されそうですが、
その前にあなたの悪事を暴かせていただきますね！～
Manimani Ononata
斧名田マニマニ
ill. ゆき哉

ルチア・デ・
カルデローネ
悪女になる魔法が解除されたルチアだが、
母が残した予知の日までのタイムリミットはあと1年。
その運命に抗うためルチアはまだ
悪女のふりをし続けるのだった——。

セレスト・ドルシ
イザーク
ジャンナ

すました顔で膝枕を要求するクロード。
ルチアは思わず赤くなってしまったが、
抱えるようにして支えていたクロードの頭を、
自分の膝の上にそっと誘導した。
「冗談だったんだけど……」
「わかっています」
「……ありがとう」

殿下、一言よろしいですか？ 2

～無能な悪女だと罵られて婚約破棄されそうですが、その前にあなたの悪事を暴かせていただきますね！～

Manimani Ononata
斧名田マニマニ
Ill. ゆき哉

CONTENTS

一　章
008

二　章
067

三　章
122

四　章
144

五　章
167

六　章
201

エピローグ
250

一章

「ちょっと待って、今日もなの……!?」

カルデローネ家のリビングに入った途端、ルチアは思わずそう叫んでしまった。

広いリビングの中は、所狭しと並んだ贈り物の箱で溢《あふ》れ返っている。

贈り物の整理をしていたメイドたちは、ルチアの声を聞いて一斉に振り返ったが、ルチアとは違って、彼女たちに動揺している様子は見られない。

それどころか、どこか誇らしげな表情を浮かべてさえいる。

「おはようございます、ルチア様。本日の贈り物はドレスになります」

メイド頭《がしら》の報告に対し、ルチアは盛大な溜め息を吐《つ》いた。

「なんで断っても断っても届くのよ……」

面倒な気持ちを隠さずに呟《つぶや》く。

『迷惑なので物を送りつけないでください』ときっぱり言い続けているのに、どうなっているのか。

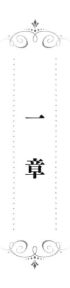

こちらの意思をここまで無視されると、引くのを通り越して怒りすら覚える。

ルチアの仏頂面《ぶっちょうづら》を見たメイド頭は、執《と》り成すように指先を擦《す》り合わせた。

「ディーノ殿下はそれほどまでに、ルチア様のことを想っていらっしゃるのですよ」

そう、ルチアにとんでもなく高級なプレゼントを送りつけてきた相手は、『殿下』なのだ。

このラファロ王国の第二王子で、ルチアの婚約者でもあるディーノ。

ルチアは先日、窮地《きゅうち》に立たされていたディーノを救い出し、彼の命を守ったのだが、
その一件以降、ディーノの態度がガラッと変わってしまったのだ。

たしかにルチアはもともとディーノの婚約者ではあったけれど、婚約してから三年、ディーノがルチアに特別な好意を示したことなど一度もなかった。

それが今では、ディーノからの高価な贈り物が連日届く。

しかも贈り物には、熱烈な愛を綴《つづ》った手紙も必ず添えられているのだ。

(ディーノ殿下ってば、ちょっと命をお救いしたぐらいで、私を好きになってしまったのかしら
……)

もちろん一国の王子の命を救った行動が、『ぐらい』で済むわけもない。

しかしルチアにとっては、あくまで成り行きで助ける結果になっただけなので、大それたことをしたという自覚がないのだった。

そもそも婚約者とはいえ、まともに交流を持ったこともないような相手だ。

そんな人から好意を示されても、戸惑《とまど》いしか覚えない。

(好意……)

そこでふとある人物の存在が、ルチアの脳裏を過《よぎ》った。

ディーノを救うことになった事件の際、行動をともにし、二人で敵と対峙《たいじ》し、最後には本気か冗談かもわからない告白をしてきた人。

ルチアは彼の存在を心から追い払うように、首を横に振った。

ちょうどそのタイミングで、メイド頭が声をかけてきた。

「ルチア様、このドレスをご覧くださいまし」

メイド頭が嬉々《きき》として箱を開封していく。

ひとつ箱が開けられるたび、メイドたちの口からうっとりとした感嘆の声が漏《も》れる。

「まあ……。本当に素敵……」

「こちらなんてルチア様の瞳の色が、とっても映《は》えますすわ……!」

メイドたちが頬を紅潮させながらルチアを見る。

ルチアは引き攣《つ》り笑いを返すことしかできなかった。

箱の中から現れるドレスは、どれもこれも目を見張るような高級品だ。

これは気軽な贈り物などではない。

特別な相手に、特別な気持ちを伝えるため、贈るような代物《しろもの》だ。

その事実は、ルチアの胃を痛くさせた。

（まずい……。本当にまずいわ……。次の誕生日が来るまで、私は絶対に誰からも愛されてはいけないのに……！）

ルチアが他者からの好意をありがた迷惑だと思う理由は、彼女の母が残していった予言にあった。

ルチアの亡き母ラヴィニア。

ラヴィニアは決して外れない予知能力の保有者だった。

ラヴィニアが死ぬ前に、娘のルチアに残していった予言。

その内容は……。


――もしも誰かから特別愛されてしまえば、ルチアは十六の誕生日を迎えることができずに死ぬ。

その運命には腰に薔薇《ばら》の痣《あざ》を持つ男が深く関わってくる――


現在ルチアは十五歳。

だから十六歳の誕生日を迎えるまでの一年間、絶対誰からも好意を寄せられるわけにはいかないのだ。

母は亡くなる前、ルチアが誰かに愛されてしまわぬよう、【悪女になる魔法】をかけていった。

そのためルチアはその後の五年間、心とは裏腹に、悪意のある立ち振る舞いや言動を取り続け、『稀代《きたい》の悪女』だの、『氷の令嬢』だのと陰口を叩かれてきた。

数カ月前、あることをきっかけに悪女になる魔法のほうは解除されたが、母が残した予言の期限はまだ一年残っている。

結局ルチアは、運命に抗《あらが》うため、意図的に悪女のふりをし続けることを決断したのだった。

(それなのに、なんでこんなことになっているのよ……)

次々現れるドレスを眺めながら、ルチアは頭を抱《かか》えたくなった。

「ルチア様、さっそくお召し替えになられますか?」

ドレスを眺めたままぼんやりしていたルチアに向かい、メイド頭が尋《たず》ねてくる。

ルチアはもちろん首を横に振った。

「ドレスはしまっておいてちょうだい。正直、箱に戻してお返ししたいくらいよ。そうでもしないと殿下の贈り物攻撃は止《や》みそうにないもの。本当に困ったものだわ。ねえ、あなたたち?」

同意を求めるように呼びかけると、メイドたちは一斉に青ざめた。

しまったと思ったときには遅かった。

「も、申し訳ありませんルチア様……！」

「ドレスはすぐ目につかないところに片づけますので、何卒《なにとぞ》お許しください……！」

メイドたちが必死に謝罪の言葉を並べ立てる。

彼女たちを責めているわけではないのに、不満を漏らしただけで恐れられてしまったらしい。

ルチアはメイドたちからも『とんでもなく冷酷無比で傲岸不遜《ごうがんふそん》で気まぐれでへそ曲がりな悪女』だと思われているのだ。

実際のルチアは悪女の印象とは真逆の、大らかで穏やかであっけらかんとした性格の少女なのだが、ほとんどの人間がその事実を知らない。

命を守るために悪女のフリをしているとはいえ、卒倒しそうなメイドたちを前にしたら、心が痛んできた。

「今のは別に本気で怒っているわけではなかったというか、そう、単なるぼやきなの」

ルチアはそうフォローしてみたが、怯《おび》えたメイドたちは猛烈なスピードでドレスを片づけはじめた。

「そんなに慌《あわ》てなくても大丈夫よ……？」

「いえ、滅相《めっそう》もございません……！」

「……」

優しい言葉をかけるほど、かえって不気味だと思われるのか、メイドたちの焦《あせ》りは激しくなる。

かといってさすがにこれ以上弁解を重ねると、悪女のイメージからかけ離れてしまう。

(悪女のふりをしながら、周りの人を過剰に怖がらせないってのも、按配《あんばい》がなかなか難しいのよねえ)

ルチアは仕方なく、「それじゃあよろしくね」という言葉を残して、リビングを後にした。

廊下に出たルチアは、ふうと息を吐いて歩みを止めた。

「もらったドレスはしまっておくにしても、ディーノ殿下からの贈り物攻撃を放置するわけにはいかないわね……」

ディーノから好かれたままでいたら、予言通り死ぬ羽目になってしまう。

まだ十五年しか生きていないのに、死ぬなんて絶対御免だ。

それに相手の好意を受け取るつもりがないのに、贈り物をさせ続けるというのも、すごく居心地が悪い。

(手紙で止められないのなら、もう直談判《じかだんぱん》しかないわね)

ディーノの手紙には、「会いたい」「いつでも訪ねてきてほしい」と繰り返し書かれていたので、謁見《えっけん》自体はそんなに難しくないはずだ。

(せっかくの機会だし、できれば贈り物を断るだけでなく、婚約破棄までしてしまいたいわ)

父にはすでに許可を取ってあるし、なんなら父のほうが婚約破棄に対して前のめりなくらいなので、困らせることもない。

そもそもディーノとの婚約を取りまとめたのは、母の兄である故ルフタン公爵《こうしやく》で、父は端《はな》から婚約に乗り気ではなかった。

伯父《おじ》は、ルチアを王家に送り込むことで、ルフタン家とカルデローネ家のさらなる繁栄を夢見たのだろうが、こちらは命がかかっている。一族の繁栄など二の次だ。

ただ、ひとつ問題がある。

婚約破棄をしたい相手が王家の人間であるという点だ。

常識的には、立場が下のカルデローネ侯爵《こうしやく》家側から、婚約破棄を切り出すのは難しい。

(お父様経由で国王陛下にお伝えするより、私がディーノ殿下に直接言ったほうがましよね)

侯爵と国王という関係に比べれば、婚約している者同士のほうが、まだ交渉の余地がある。

どちらにしろ非常識であることに変わりはないが、まあ構わない。

ルチアの評判は、長年の間、地の底まで落ちていたのだ。

とんでもないことをしでかしたところで、もはや痛くも痒《かゆ》くもなかった。

今日いきなり訪問してすぐに会えるかどうかはわからないが、先延ばしにするほど状況は悪化しそうだ。

そう考えたルチアは、やれやれという気持ちを抱きながらも、王宮に向かうことを決めた。

◇◇◇

春の暖かい日差しの中、ルチアを乗せたカルデローネ家の馬車は、王都の石畳を軽快なリズムで進んでいく。

そこかしこで花々が咲き誇っているからか、それとも暖かな陽気のせいか、すれ違う人々は皆どことなくうきうきしているように見えた。

暇《ひま》を潰《つぶ》している学生の姿が多いのは、王都にある王立魔法科学園が春休みの最中《さなか》だからだろう。

連れだって歩く若者たちの輪からは、楽しげな笑い声がたびたび上がる。

馬車の中からその様子を眺めているルチアの口元にも、いつの間にか微笑みが浮かんでいた。

なにせ悪女の呪いによって体の自由を奪われていない状態で、春を迎えるのは五年ぶりだ。

どうしたってウキウキしてしまう。

おかげで今抱え込んでいるやっかいな問題の数々も、束《つか》の間《ま》忘れられた。

馬車は街中をカポカポと進んでいく。

窓から見えている王宮の姿もどんどん大きくなっていく。

後はもうこのまま大通りを抜ければ、王宮前の広場に到着する。

ところがその直前でアクシデントが起こった。

馬のいななきとともに、突然馬車が激しく揺れたのだ。

「のわぁっ……!?」

のほほんとした気持ちでぼんやりしていたルチアの口から、間抜けな悲鳴が上がる。

バランスを失ったルチアは、そのまま強《したた》かに額《ひたい》を打ちつけてしまった。

馬車は二度三度車輪を軋《きし》ませてから、なんとか停車した。

「痛たた……。……いったい何事……」

ネズミが飛び出して、馬を驚かせでもしたのだろうか？

おでこをさすりながら窓の外を覗《のぞ》いてみたが、それだけでは状況を摑めない。

普通、貴族の令嬢ならば、こういうときは馬車の中で震えながらじっとしているものだ。

でもルチアは普通の貴族の令嬢とは少し違った。

痛むおでこを気にしながら、すぐさま馬車の外へ出る。

馬車の周りには、騒ぎを聞きつけた野次馬たちがどんどん集まってきている。

「何があったの？」

ルチアは、自分の席から降りてきた御者《ぎょしゃ》に尋ねつつ、馬車の前方へ向かった。

御者も慌てて後をついてくる。

「ルチア様、驚かせてしまい申し訳ありません。実は突然、馬車の前に巫女《みこ》様が……」

「えっ?」

声を上げたルチアの視線が捉《とら》えたのは、馬の目の前に座り込んでいる女性の姿だ。

「大変……!　怪我《けが》をされたのかしら……!」

おでこの痛みなど忘れて、思わず駆け寄る。

人前では悪女のふりをしなければならないのに、それすらもルチアの頭からは抜け落ちていた。

「大丈夫ですか……!?」

声をかけて女性の隣に膝《ひざ》をつくと、彼女はハッと息を呑んでルチアを見上げてきた。

「ひっ!?　……あ、も、ももも申し訳ありません……!　私、急に飛び出したりして……!!」

不自然に視線を逸《そ》らしながら、女性が震えた声で言う。

女性は、神殿の巫女が着用する特徴的な長衣を身に纏《まと》っていた。

頭に巻かれたシルクの布からは、黒々とした豊かな髪が溢れている。

年齢は十代後半なので、おそらく巫女見習いだろう。

騒ぎを起こしたせいで動揺しているようだが、それとは関係なく随分《ずいぶん》とやつれて見えた。

「痛いところはありますか?　すぐ医者を手配しますので」

「いえ……！　怪我はありません……！　驚いて転倒してしまっただけなので」

怯えた声でそう叫ぶと、女性はよろめきながら立ち上がろうとした。

咄嗟《とっさ》に手を伸ばし、支えようとする。

しかし女性はさっと身を引いて、ルチアの手助けを拒《こば》んだ。

「本当に大丈夫なので……。ご迷惑をおかけして申し訳ありませんでした」

それだけ言うと、女性は逃げるように野次馬の群れの中へと駆け込んだ。

「あ！　待って……！」

急いで声をかけたが、彼女が振り返ることはなく、その後ろ姿はあっという間に見えなくなってしまった。

「行ってしまったわ……。ねえ、あの方、本当に怪我をされていなかった？」

並んで立っている御者に尋ねる。

「接触する寸前に馬が止まってくれましたので。巫女様は驚かれて尻餅《しりもち》をついていらっしゃいましたが、あのご様子なら問題なかったのでしょう」

「でも、どうしちゃったのかしら。あんなに慌てて」

「おおかた貴族の馬車の前に飛び出し、お出かけの邪魔をしてしまったことを恐れたのでしょう。しかも馬車にはお家の紋章がついておりますので……」

少し言いづらそうに語尾を濁され、「あー……」となる。

馬車に取りつけられた二匹の蛇が絡《から》み合う紋章。

カルデローネ侯爵家は歴史の長い旧家なので、市民も当然その紋章を知っている。

しかし必ずしもよい意味で有名なわけではない。

代々カルデローネ家の人間は計算高く、冷酷無比な者が多い。

そのうえ彼らは政敵を追い詰めることに喜びを見出《みいだ》すというような性癖《せいへき》をしていた。

ルチアの父であるカルデローネ侯爵や、その跡取りとなる兄バルトロも例に漏れず、二人まとめて『カルデローネ家の毒蛇親子』などと呼ばれる始末だ。

そんなカルデローネ侯爵家の長女であるルチアがとんでもない悪女であることも、当然巷《ちまた》に知れ渡っている。

だからあの巫女も、騒ぎの相手がルチアだと気づき、怯えて逃げ出してしまった可能性が高い。

(そういえば私の顔を見た途端、あの女性の態度が変わったわ。「ひっ」って叫ばれちゃったし)

今日は朝からメイドたちにも怖がられているので、気持ちがしょんぼりしてくるが、周囲にはまだ野次馬の目がある。

(世間の人から嫌われまくっていることは残念だけれど、生き残るため、あと一年は辛抱《しんぼう》ね……)

しょうがない、しょうがないと呪文のように唱えて、自分に言い聞かせる。

この命は亡き母が、自分の寿命を犠牲にしてまで守ろうとしてくれたものだ。

だからこそ、ルチアはなんとしても生き延びなければいけない。

弱気なことを言っていたら、運命に搦《から》め捕《と》られてしまう。

もともとさっぱりとした性格をしているルチアは、頭を切り替えて顔を上げた。

その視線が、野次馬の先頭に立っている若い男の前でぴたりと止まる。

「げっ」

考えるより先に、蛙《かえる》を潰《つぶ》したような声が喉《のど》から零《こぼ》れ出た。

さらさらとした黒髪、神秘的な瑠璃《るり》色の瞳、やたらと色気のある眼差《まなざ》し。

彼はそのとんでもなく整った美貌で、若いご令嬢たちの心を次々奪ってきた。

だから今のように彼と目が合った途端、心底迷惑そうな態度を取るのなんてルチアぐらいしかいない。

しかしルチアには、彼との偶然の遭遇をよく思わない正当な理由があった。

彼は、ルチアが絶対に関わってはいけない相手、予言にあった『腰に薔薇の痣を持つ男』なのだ。

予言によると、薔薇の痣を持つ男は、ルチアの命が十六歳を迎えず尽きるという運命に、深く関わってくるという。

薔薇の痣を持つ男と、ルチアのことを特別愛する相手というのが同一人物なのかどうかはわからないが、そういう可能性も考慮して、彼とは関わらないほうがいいに決まっている。

そもそもルチアは、運命どうこうを置いておいても、彼のことが苦手なのだ。

（今すぐ回れ右をして、この場から立ち去らないと……！）

ところがルチアと目が合った彼は、ルチアが行動を起こすより先に、颯爽《さっそう》とした足取りで歩み寄ってきた。

「ご機嫌よう、ルチア嬢。何か騒動に巻き込まれたのか？　大丈夫？」

問いかけながらさっと顔を覗かれる。

「おや、額が赤くなっている」

当たり前のように彼の指先が、ルチアの額にかかった前髪をかき分ける。

「ひゃっ……!?」

「ぶつけてしまった？」

彼が腰を屈《かが》めているせいで、間近で目が合ってしまった。

意外にも彼は真面目な顔をしていて、本気で心配してくれているらしいが、そういう問題ではない。

「いきなり距離が近すぎますわ……!!」

「いきなりでなかったら、君に近づいてもいいという意味？」

「違いますっ……!!」

声が裏返るのも気にせず絶叫したルチアは、真っ赤な顔で目の前にいる人物の胸を両手で押し返した。

乱暴に引き離したというのに、彼が気を悪くした様子は見られない。

まだ真剣な表情を崩さず、ルチアをじっと眺めてきた。

「そんなに赤くなっていたら痛むだろう?」

こんな態度は彼らしくない。

いつも飄々《ひょうひょう》としていて、軽口ばかり叩いて、少しだけ気怠《けだる》げで、何が本心か全然悟らせない女たらし。

ルチアの知っているクロード・ベルツはそういう男のはずだ。

「ルチア嬢?」

「あ! えっと、少しぶつけただけですので、どうかお気遣《きづか》いなさらず。放っておけばすぐに赤みも消えますすわ」

「本当に? 君の美しい顔に、痛々しい青痣ができてしまったら大変だ。すぐに冷やしたほうがいい。俺に看《み》させてくれる? 愛《いと》しい君のためなら、なんだってしてあげたいんだ」

「……」

珍しく真顔なので真剣に心配してくれている、なんて思ってしまったが前言撤回。

これは絶対からかっている。

またクロードに振り回されたのだと理解したルチアは、うんざりしながらクロードをねめつけた。

「クロード様、悪ふざけはおやめください。だいたいあなたとはもう関われないとお伝えしたはず――」

「ねえ、見て、クロード様よ！」

「ほんと……！　相変わらず素敵ね……！」

「でもカルデローネ家のルチア様とあんなに親しげにされて、どういう間柄なのかしら……？」

クロードに文句を述べようとしていたルチアの耳に、そんな声が飛び込んできた。

慌てて口を噤《つぐ》み、声のしたほうを振り返ると、人だかりの中にいる若い女性たちが、こちらを見ながらヒソヒソと噂をしている。

彼女たちの顔には、クロードに対する憧《あこが》れと、ルチアに対する羨《うらや》ましさのようなものが浮かんでいた。

どうやらクロードは、社交界だけでなく、街の女性たちの間でも人気者らしい。

そんな彼とこんな場所で揉《も》めていたら、あらぬ噂を立てられそうだ。

ルチアの評判はただでさえ悪いのだ。そこに男たらしという不名誉な風聞まで加えることはない。

「私、用事がありますので、これで失礼いたします」

「いや、だめだ」

「は？」

「君に話があるんだ。だからまだ君を解放したくない。だってこのまま逃がしてしまえば、次の機会がいつ巡ってくるかわからないからな。なにせ俺は君から『もう関われない』と宣告されてしまっている身だし？」

関わらないという宣言は、今思いっきり無視されているが……。

いや、それよりもだ。

「これ以上、あなたとここで立ち話をするつもりはありません。あなただって気づいているでしょう？　集まってしまった皆さんが、好奇の目で私たちのやりとりを眺めているのを」

「うん、だから君の馬車の中で話そう。おいで」

「え!?　わ!?　ちょ、ちょっと、クロード様……!?　なんのつもりですか!?」

わたわたしている間に、クロードに手を取られ、気づいたら停《と》まっている馬車に押し込まれていた。

しかもクロードは御者に目的地を確認し、「ではそのまま出発してくれ」なんて指示まで出してしまった。

相変わらずとんでもなくマイペースで勝手な男だ。

再び馬車が動きだすのを感じながら、ルチアは仏頂面でクロードを睨《にら》みつけた。

「クロード様、どういうおつもりですか。あなたとはもう関われないとお伝えしたはずです」

「ああ、そうだ。俺は君に好意を伝えた。なのに君はそれを聞き流しただけではなく、『もう二度と、クロード様とは関わりません』と言い捨てて、俺の前から逃げ出してしまったな。君のつれない発言は、このとおり一言一句《いちごんいっく》違《たが》わずに覚えているよ」

そう言ってにっこりと微笑む。

嫌味な男である。

たしかにルチアはクロードの言うとおりの言葉を彼に伝えた。

でもあんな状況の中では、あの態度が精一杯だったのだ。

そう考えながら、ルチアは数日前の出来事を思い返した。

◇◇◇

——数日前。

令嬢たちの間で起きた『顔のない天使』を巡る事件を解決したルチアは、その調査をもちかけてきたアデーレ夫人の屋敷に呼び出されたのだった。

アデーレ夫人は、現国王が長い間、寵愛《ちょうあい》を与え続けていると噂の女性で、口元のホクロが色っぽい絶世の美女だ。

今日も豊満な胸が強調された目のやり場に困るドレスを、見事に着こなしている。

事件の調査をはじめる前、ルチアはアデーレ夫人やその同志であるクロードと、ある約束を交わしていた。

事件を解決した暁《あかつき》には、ルチアの捜している『薔薇の痣を持つ男性』に関する情報を提供してくれるというものだ。

二人は、その約束をしっかり果たしてはくれたのだが……。

「薔薇の痣は一族の跡取りにだけ現れる特別な証《あかし》だから、やむにやまれぬ場以外で晒《さら》すことは禁じられている。命がけで協力してくれた君の頑張りに対して、礼を欠く行いはできないからな」

「え。ま、まさか……」

動揺しているルチアの目の前で、立ち上がったクロードが身に纏っていた上着をぱさりと落とす。

「わあああっ⁉　クロード様⁉　何をなさって……⁉」

シャツのボタンに手をかけたクロードは、ルチアのことを面白がっているような瞳でじっと見つめたまま、ひとつ、またひとつとボタンを外していく。

さすがのルチアとはいえ、こんな状況にはまったく慣れていない。

クロードと同じような余裕の態度でクスクス笑っているアデーレ夫人とは違い、ルチアは真っ赤な顔であわあわすることしかできなかった。

「さあ、ほら、君が捜していたものだ。好きなだけ見てくれ」

低く艶《つや》やかな声でそう伝えてきたクロードがくるりと後ろを振り返る。

その腰には青みがかった大きな薔薇が咲き誇っていた。

『もしも誰かから特別愛されてしまえば、ルチアは十六の誕生日を迎えることができずに死ぬ。その運命には。腰に薔薇の痣を持つ男が深く関わってくる』

父の言っていた言葉が脳裏を過る。

ということは――。

(私ったら自分の命を危険に晒す相手と、ずっと一緒に行動していたの……!?)

動揺のあまり目を白黒させているルチアのほうを、クロードが再び振り返る。

「薔薇の痣を持つ男は、君の運命を左右する存在だと言っていたな?」

シャツをはだけさせたままゆっくりとルチアのもとへ近づいてきたクロードは、嫣然《えんぜん》と微笑みながらルチアの耳元に唇を寄せてきた。

「君と過ごすうちに、俺は君を特別気に入ってしまったんだ。君の運命の相手になれるなら、これ

ほど光栄なことはないよ」

クロードはそのままルチアの手を取ると、流れるような動作で手の甲に口づけを落とした。

「ひゃっ……！」

真っ赤な顔になったルチアは、口を開いたり閉じたりするしかできない。

今、ルチアの目の前にいるクロードは、上半身裸なのだ。

腰にある薔薇のような青い痣をルチアに見せるため服を脱いだのだが、そんな姿で口説いてくるからルチアは気が気ではない。

しかも、ルチアがずっと捜していた『腰に薔薇型の痣がある男』というのは、クロードのことだったのだ。

いつもふざけて口説いてくるクロードのことだから、今の告白のような言葉も口づけも、きっと本気ではない。

それでも警戒しなければならない相手に『気に入ってしまった』と伝えられるなんて、やっぱりまずい。

知らなかったとはいえ、この一月《ひとつき》、クロードとは散々行動をともにしてきた。なんならダンスまで踊った。

（完全にやらかしたわ……）

頭を抱えたくなりながら青ざめる。

不本意ながらもクロードから迫られたせいもあり、ルチアはいつもの落ち着きを失っていた。

そんなルチアの態度が新鮮だったのか、アデーレ夫人がくすっと笑う。

「ふふ、あまり嬉しそうには見えないわねえ、ルチアさん。薔薇の痣を持つ男性は、あなたの運命の人なのよね？　その相手がクロードなのは気に入らない？」

アデーレ夫人が、面白がりながら尋ねてくる。

どうやらクロードだけでなく、アデーレ夫人も何か勘違いしているようだ。

たしかに薔薇の痣の男性は、ルチアの運命に重要な影響を及ぼす存在だとされている。

でもそれは、アデーレ夫人が思っているような運命などではないのだ。

「お二人の誤解を解いておきたいのですが、薔薇の痣を持つ男性が私にもたらすのは、悪い運命らしいのです」

「悪い運命？」

クロードが首を傾《かし》げる。

ルチアは、自分を巡る予言の問題について、どこまで二人に話すか悩んだ。

クロードとは、令嬢たちの間に起きた事件をともに解決した仲だが、秘密を何から何まで打ち明けるほど信用しているわけではない。

最悪だった第一印象に反して、クロードは悪い人間ではなかったし、命を助けてもらったこともある。

でもルチアはクロードのことをほとんど知らないし、もともと彼に対して抱いていた『胡散臭《うさんくさ》い女たらし』という印象は今もほとんど変わっていない。

母は生前、完璧な予知能力を持っていることを隠していた。

その力によって、政治的に利用されることを恐れていたのだろうことは、父の発言からも予想がついている。

百発百中の予知能力は、とんでもなく大それた力だ。

意図的に力を隠していた事実が発覚すれば、国王は決して愉快には思わないはずだ。

とくに現国王は、貴族を王家の手駒だと思っている節《ふし》がある。

そんな王の逆鱗《げきりん》に触れたなら、カルデローネ家は危うい立場に追い込まれてしまう。

(お母様の予知能力の精度については、伏せておいたほうがよさそうね。……でも予言を受けたことだけなら、話してもいいかも)

予知を受けたり、それを信じたりするのは、この国においてそれほど珍しくはない。

クロードはもう、ルチアの運命について関心を抱いてしまっている。

何もかもを秘密にしようとすれば、クロードの好奇心を変に刺激しかねない。

そんなことは避けたかった。

散々迷った挙句、ルチアは、母の予言が百発百中と言われていた事実は伏せたうえで、自分の置かれている現状をざっくり説明することにした。

「私の亡き母は予知の能力を持っていたらしく、私に関してこんな予知を残しました。『――もしも誰かから特別愛されてしまえば、ルチアは十六の誕生日を迎えることができずに死ぬ。その運命には、腰に薔薇の痣を持つ男が深く関わってくる』と」

クロードとアデーレ夫人は、戸惑った様子で顔を見合わせた。

予言の内容に対して反応したのか、はたまた予言などというものを信じていることに対して呆れているのかはわからない。

ルチアは続けた。

「私を破滅させる運命。どうやらクロード様は、そのキーパーソンであるようなのです。当然私は十六歳になる前に死にたくなどありません。予言どおりの未来を断固として拒否します。であれば、最悪な運命に私を引き寄せる薔薇の痣を持つ男性とは、一切関わりを持つべきではないでしょう」

「今の話を聞く限り、君は本気で予言を信じているみたいだけど、意外だな。それに君が演じたがっている悪女ルチアは、予言など鼻で笑い飛ばしそうじゃないか？」

ルチアは嫌われ者であり続けるため、呪いが解けた後も悪女のふりをしている。

しかし勘のいいクロードだけは、早い段階でルチアの演技に疑いを持ち、こうやって揺さぶりをかけてくるのだった。

そのたびルチアは必死に取り繕《つくろ》ってきたが、多分クロードは、ルチアが悪女であるとは微塵《みじん》も信じていない。

(今だって『演じたがっている』なんて言われてしまったし……。クロード様って本当に厄介な相手だわ)

ルチアは迷惑そうな視線をクロードに向けたが、彼は気にせず続けた。

「悪女ルチアの件は置いておくとしても、本来の君自身だって、予言を頭から信じるタイプではないだろう？　君が現実的な物の見方をする令嬢だということは、ともに事件を解決していく中で、十分学んだつもりだけど」

「それは……」

クロードの言うことは間違っていなかった。

正直なところ、予言を下した相手が母でなかったのなら、ルチアは予言など鵜呑《うの》みにはしなかったはずだ。

百発百中の予言なんて、どうしたって疑わしい。

それに完璧な未来予想が可能なら、すべての人の未来は確定しているという話になってくる。

世界中の人が決まった結果のために生きているなんて、そんな空《むな》しい事実は受け入れたくなかった。

でもルチアの家族――父も兄も、母の予言を本気で信じている。

しかもルチアと同じ現実主義者な二人が予言を疑わないのは、母が命がけで予言どおりの未来を防ごうとしたからなのだ。

母はルチアを守るため、残り少なかった命を使い果たしてしまった。

予言を否定すれば、そんな母の行動をも否定することになりかねない。

だからルチアは敢《あ》えて予言を信じているのだった。

そういう家族の間の繊細な内情について、クロードに打ち明けるつもりはなかったが。

「予言に関心のある令嬢はとても多いでしょう？　私にもそういうロマンチストな一面があったというだけの話ですわ。予言や占いという言葉を聞くと、とーってもわくわくいたしますわー！」

「君が現実主義者だということ以外で、もうひとつ君と過ごす間に知ったことがある。君は素直で、正直者で、嘘をつくのが下手《へた》だ」

「……」

たしかに今のは口先だけの誤魔化しだったけれど、こちらの何もかもをお見通しみたいな言い草が、特別に親しいアピールをされているみたいで、モヤッとなる。

「たまたま事件を一緒に解決したからって、私のすべてをわかったつもりにならないでください。クロード様が知らないことなんて、山のようにありますので」

「それはわくわくするな。どうしたらまだ知らない一面を俺に見せてくれる？」

まずい。

なんだか雲行きがおかしくなってきた。

「今はそんな話はしていませんわ」

「そう？　俺はいつだって君に関心を持ち続けているんだけど」

「もう、クロード様！　ことあるごとに、浮ついた方向に話題の舵《かじ》を切るのはおやめください……！」

こうやっていつだって、クロードのペースに巻き込まれてしまう。

でもこれまでどおりではいけない。

クロードは『薔薇の痣を持つ男』なのだから。

ルチアは居住まいを正すと、他人行儀な態度でスッと身を引いた。

「とにかく私はお母様の予言を信じています。ですからもう二度と、クロード様とは関わりません。それではごきげんよう」

ルチアはドレスの裾《すそ》を指先で摘《つ》まむと、アデーレ夫人とクロードに対して恭《うやうや》しく挨拶《あいさつ》をしてみせた。

「待ってくれ、ルチア嬢――」

呼び止めてきたクロードが何か言おうとしているが、こちらにはもう伝えたいことなどない。

縁を切るつもりなら、スパッと関係を終わらせたほうがいい。

ルチアはクロードが言葉を続けるより先に踵《きびす》を返すと、ほとんど逃げるようにして立ち去ってしまったのだった。

◇◇◇

そんな経緯《いきさつ》で、クロードに絶縁を宣言したのが数日前。

それ以来、クロードとは一切顔を合わせなくなっていたので、彼のほうでも納得してくれたのだと思っていたが……。

「納得はしてない。でも遠慮はしていたんだ。ディーノ殿下が毎日贈り物とともに君に手紙を送りつけて困らせているんだろ？　あんな迷惑な男とひとまとめにされたくないからな」

「はあ……」

迷惑というか、ルチアを困らせる度合いで言ったら、クロードもディーノと大差ない。

「でも、どうしてディーノ殿下の贈り物のことをご存じなのですか？」

「毎日呼び出されて、君のことを相談されているからね」

それを聞いてぎょっとなる。

クロードとディーノが自分のことをあれこれ話しているところなんて想像したくない。

しかも毎日とは……。

「そもそもディーノ殿下とそんなに親しかったのですか？」

「いや。少なくとも恋愛相談を受けるような間柄ではなかったな」

「だったらなぜ？」

「どうやらディーノ殿下は、ルチア嬢と俺が親しい友人同士だと思っているようなんだ。友人という言い方に関しては承服しかねるが、俺と君が親しい間柄なのは事実だし？」

「私たちが親しい間柄？　そんなの事実ではなく、虚構です。親しいどころか、私は絶縁を宣言したんですから」

何を言っているんだという目で睨んでやる。

クロードは四六時中この調子なので、ルチアのほうもついつい態度がきつくなる。

（クロード様の前では、わざわざ悪女の演技をする必要もないわね）

ルチアがやれやれと思っていると、不意にクロードが真面目な顔になった。

「まあ冗談はさておき、君は一度ディーノ殿下と会ったほうがいい。君の身に危険が迫っているかもしれないんだ」

「危険って……。突然なんなのですか？」

「君に対する脅迫状が、ディーノの殿下のもとに届いたんだ」

「脅迫状……？」

寝耳に水の話だったので、さすがに驚く。

「ディーノ殿下はその日のうちに騎士団に指示を出して、犯人捜しをさせている。でもまだめぼしい情報は得られていないらしい」

悪女時代のルチアは、あらゆる方面から恨みを買っていた。

だから脅迫状を出されるぐらい、全然あり得る話だ。

「私にではなく、ディーノ殿下のもとへ届いたというのが引っかかりますが」

「たしかに君の言うとおりだ。それにしても、ルチア嬢、冷静だな」

クロードが感心したように言う。

脅迫状のことを聞いた直後は驚いたものの、恐怖を感じるほどではなかった。

命を脅《おびや》かされるという状況は、ルチアにとってめずらしいことではないのだ。

なにせ呪いだの死ぬ運命だの、そんなことが自分の日常を取り巻いているのだから。

それに……。

「脅迫状を書いたのは生きている人間でしょう？　犯人を捕まえればそれで済む話ですもの。予言されている運命を相手に戦わなければいけない身としては、脅迫者など恐るるに足りませんわ」

「そうそれ。脅迫状の件だけど、君が言っていた予言の話と関連はあると思う？」

ルチアは困惑《こんわく》しながら首を傾げた。

たしかにどちらの問題にも、『ルチアの命が危険に晒される』という共通点がある。

しかし現段階では、情報が少なすぎて判断しようがなかった。

ルチアが予言について知っていることは、母が残した言葉がすべてだ。

どういう経緯《けいい》で死ぬことになるのか、どういうふうに命を脅かされるのかさえわかっていない。

課せられている運命を回避するには、もっと予知能力について知識を増やす必要がありそうだ。

以前、父から聞いた話によると、母は若い頃、王都近郊のカノッキア神殿で巫女見習いとして生活していたらしい。

特殊魔法の使い手として有能な者は、巫女見習いや神官見習いになり、神殿で修行を行うことが多い。

母もカノッキア神殿で予知能力の修行を行っていたのだ。

予知能力について知るためにも、一度はカノッキア神殿を訪れるべきだろう。

でもその前に、まずはディーノの問題から解決しなければならない。

「ディーノ殿下は、君の身をひどく案じている。ほとぼりが冷めるまで、王宮に滞在してほしいと望むほどにね。そちらの屋敷にいるより、王宮に移ったほうが安全だろうから」

「王宮に滞在!?」

叫びながら目を剝《む》く。

脅迫状の件より、ずっと衝撃的だった。

王宮に滞在なんかしたら、自分のことを好きらしいディーノと毎日顔を合わせるはめに陥《おちい》るのだ。

それは絶対に避けなければいけない。

「常識的に考えて、私が王宮に住むなんてまともな選択とは言えませんし！」

「そう？　婚約者という立場だし、貴賓《きひん》として滞在する分にはそこまで問題ないのでは？」

「大問題です！」

王都の中に住んでいるルチアが、結婚前に王宮に長期滞在するのはどうしたって不自然だ。

きっとディーノとルチアの正式な結婚が近いのだろうと噂を立てられてしまう。

そんな状況、婚約破棄の妨《さまた》げになるだけではないか。

「そもそも私、これからディーノ殿下をご訪問して、婚約破棄を願い出るつもりなんです。だからディーノ殿下に守ってもらう義理もなくなりますし」

「婚約破棄？　本気で言っているのか……？」

予想外の展開だったらしく、クロードはルチアをまじまじと見つめてきた。

「こんなことで嘘をついたって仕方ありません」

「だろうね。でも自分で婚約破棄を伝えに行くご令嬢なんて聞いたことがないよ」

「あら。女性の側から行動を起こしてはいけないという法があるわけではないでしょう？」

「いいね。君のそういう感覚好きだよ。ただ、ディーノ殿下が首を縦に振るとは思えないな。あの方は君に夢中だ。簡単に君との関係を手放すわけがない」

「ディーノ殿下は私に借りがありますもの。私とクロード様は、ディーノ殿下にとって命の恩人です。殿下だって、恩人の願いを突っぱねたりはできないはず。だから私はその弱みに悪女らしく付け込むつもりです」

この方法なら、婚約破棄を押し通せるうえ、悪女としての印象もばっちり残せるはずだ。

自信満々に微笑んでみせたら、クロードがふはっと笑い声を立てた。

「恩を盾《たて》に取って婚約破棄させるって……。しかも殿下を相手に。とんでもないことを思いつくな。君といると本当に飽きないよ。やっぱり君は最高だ」

嬉しそうに言われてたじろぐ。

「べ、別にクロード様を楽しませようとしているわけではないので……！」

ブツブツ文句を言いながら、視線を逸らす。

それでもまだ見つめられているような気配が続いていて、気まずいなんてもんじゃない。

「でもどうしてそこまでしてディーノ殿下と婚約破棄したいんだ？」

「それはもちろん予言のことが理由ですわ」

「うーん……。それじゃあ納得しないんじゃないか？　ディーノ殿下が予言を真に受けるお方ならともかく。殿下がそういったことを信じる質《たち》だなんて噂聞いたことがない」

「ディーノ殿下を納得させる必要がありますか？」

「もちろん。さっきも言ったとおり、ディーノ殿下は君に惚《ほ》れている。納得できる理由がなければ、引き下がらないと思う」

それでは困る。

ディーノが自分を好きなら、尚更《なおさら》遠ざけておきたい存在だ。

「なんでもいいから、ディーノ殿下が婚約破棄するほかないと思ってくれるような理由はないかしら……」

「だったら、俺を好きになったことにしたら？」

ルチアはきょとんとして、瞬《まばた》きを繰り返した。

「はあ……!?」

一拍遅れて素《す》っ頓狂《とんきょう》な声を上げる。

まったくなんてことを言いだすのだ、この人は。

「名案じゃないか？　『一緒に行動して惹《ひ》かれ合ってしまった。だから婚約破棄してほしい』と言うんだ。見込みがないとわかれば、ディーノ殿下も君を諦《あきら》めるかもしれない。噂によると隣国の王太子も、ぽっと出の令嬢に一目惚れして、公爵令嬢との婚約を破棄したらしいよ」

ルチアもその話は耳にしていた。

隣国の王太子だけでなく、この国の社交界でもそういう事情による婚約破棄の例は少なくない。貴族社会ではまだまだ政略結婚が主流とされているが、恋愛結婚をする夫婦も少しずつ増えてきているのが昨今の現状だ。

「だからってなぜ好きになった相手を、クロード様にしなければならないのです」

ルチアは、ディーノだけでなく、クロードとも縁を切りたいのだ。

そんな人物を、演技とはいえ好きな相手に仕立てるなんてありえない。

「俺ほどおあつらえ向きな相手が他にいる？」

「好きな人がいればいいだけなら、架空の男性で充分なはずです」

「ディーノ殿下は、間違いなくどこの誰を好きになったのか根掘り葉掘り訊《き》いてくるはずだ。それが架空の人物では、簡単にぼろが出てしまうだろう」

確かにクロードの話には一理ある。

「だとしても好きになったふりをする相手は、別にクロード様でなくてもいいでしょう？」

そこらの人畜無害そうな貴族か、騎士の名でも挙げておけば事足りる話だと思う。

そう伝えたら、クロードは真顔で詰め寄ってきた。

「何を言っているんだ。そんなこと許せるわけがない。名を挙げられた男が、調子に乗って君に近づいてきたらどうするつもり？　俺のように紳士的に振る舞う男ばかりじゃないんだからな」

「……」

開いた口が塞《ふさ》がらない。

（どこの誰が紳士的？）

隙《すき》さえあればふざけ半分な態度で口説いてくるくせして、よくもまあそんなことが言えたものだ。

ルチアはクロードのことを、じとっとした目で睨んでやった。

「クロード様が紳士的だったかどうかは置いておいて、おふざけでも私を口説くような物好き、クロード様以外に存在するとは思えません」

「まったく、君は全然自分の魅力に気づいていないいんだな……」

急に真顔で見つめられ、ドキッとなる。

それが引き金となり、絶縁を宣言した日に、クロードから伝えられた告白のような言葉をついうっかり思い出してしまった。

『君と過ごすうちに、俺は君を特別気に入ってしまったんだ。君の運命の相手になれるなら、これほど光栄なことはないよ』

クロードが本気だなんて微塵も信じていないのに、こういう態度を取られると動揺してしまう自分がいる。

それがすごく嫌だ。

「でも君が困るというのなら、俺は君のことをすっぱり諦めよう」

「えっ……？」

まさかそんな言葉が聞けるとは考えてもいなかったので、思わず声を上げてしまう。

「だってそれが君の望みなんだろう？」

「え、ええ……」

「自分の好意を押しつけて困らせるのはスマートじゃないからな。ということでこれからは友人として接しさせてもらうよ」

「それは助かりますわ……」

あっさり引いてくれて、正直びっくりした。

急に物わかりがよくなって不気味なくらいだ。

(しつこく言い寄るほどの相手ではないと気づいたってことかしら……?)

ルチアにとってはありがたい展開だ。

「話を戻すけど、王子であるディーノ殿下より、君を幸せにできる相手でなければ、ディーノ殿下は君を譲ろうだなんて考えないはずだ。その点、俺なら問題ない。しかもディーノ殿下にとって、俺は面と向かって対立しづらい相手だ」

クロードは、隣国から留学してきている有力貴族の嫡男《ちゃくなん》で、現国王の賓客《ひんかく》として王宮に滞在している身だ。

クロードに無礼を働くことは、国王の面子《メンツ》に泥を塗るのと変わらない。

いくら実の父とはいえ、第二王子であるディーノが現国王に楯突《たてつ》けるはずもなかった。

「どう? 俺に恋人役を任せてみる?」

たしかに心変わりをしたふりをしてディーノを説得するのなら、クロードほどうってつけの相手もいないだろう。

ただクロードが予言でいわれている『ルチアを特別好きになる相手』である可能性がゼロになったとしても、薔薇の痣の男として、予言の現実化を誘発する存在であることに変わりはない。

やっぱりどう転んでも、クロードと関わるべきではないということだ。

「やはりやめておきます。他の人を好きになったふりをするというのが、あまりいい作戦とも思えませんし」

そもそも恋をしたことのないルチアにとって、『婚約破棄を言いだすほど恋愛にのめり込んでいる』ふりなんて、ハードルが高すぎる。

しかもルチアは、絶賛『悪女のふり』を演じ中の身でもある。

悪女のふりをしながら、恋をしているふりもする——想像しただけで頭がこんがらがってくる。

きっとすぐにぼろが出て、嘘を見抜かれてしまうに決まっている。

「小細工などせずとも、率直にこちらの要望をお伝えすれば、ディーノ殿下も理解してくれるはずですわ」

それでも伝わらなかった時には、命の恩人カードを切って説得すればいいのだし。

「ふうん、そう？　じゃあまずはその方法を試してみるといい」

ルチアの作戦の成功を、全然信じていなさそうな態度でクロードが言う。

そうこうしているうちに、馬車は王宮に到着した。

◇◇◇

謁見の間《ま》に案内されたルチアは、ほとんど待たされることもなく、ディーノと面会することが叶《かな》った。

ディーノは姿を見せるなり、脇目も振らずルチアのもとに大股で歩み寄ってきた。

「ルチア、会いに来てくれてうれしいよ！」

言うや否《いな》やルチアの手を取り——。

「さっそくだが、ルチア。好きだ、結婚しよう」

何を血迷ったのか、挨拶もそこそこにプロポーズをしてきたのだった。

「いえ、しません」

ルチアが即座につれない断りの言葉を口にすると、途端にディーノは涙目になった。

キラキラした金髪と、端整な顔立ちをしたディーノは、外見だけなら少女たちが思い描く理想的な王子様そのものだ。

実際、ダンスパーティーなどの公式の場では、第二王子として完璧に立ち振る舞うこともできる。

しかし婚約者であるルチアの前では、昔からやたらと泣き虫でわがままで、挙句に無能なポンコツ王子に豹変《ひょうへん》するのである。

「ルチア、ひどいじゃないか……。形だけでも検討するふりぐらいしてくれ……」

勝手に摑んだルチアの両手をにぎにぎしながら、ディーノがうるんだ瞳で訴えかけてくる。

いろいろな意味できつい。

ルチアは思いっきり頬を引き攣らせて「うわあ……」と漏らした。

ああ、でも、ディーノは曲がりなりにも王子であり、婚約者でもある相手だ。

(いくらなんでも露骨に拒絶するのはまずいわよね)

「えーっと申し訳ありません。殿下の妄言《もうげん》がいきなり飛び出したので驚いてしまいました。あとそのにぎにぎするの、やめてください」

形ばかりの謝罪をしつつ、ディーノに握られている自分の手を引っこ抜く。

ディーノは寂しそうに「ああ……」と呟いた。

ただディーノは異常なくらい前向きな人間なので、秒で持ち直した。

「でも、よかった！　そうだよね。いきなりプロポーズして驚かせちゃったから、条件反射で拒んでしまっただけだよね！」

いきなりであろうがなかろうが、断るという結果はもちろん変わらない。

しかしそれを今伝えるのは違うようだ。

(ちゃんと聞き入れてもらえそうなタイミングを計らないと)

獲物を狙うような目でディーノの様子を窺《うかが》う。

ルチアの内心など露《つゆ》知らず、ディーノはニコニコしながらルチアの背に触れてきた。

「とにかく会いに来てくれてありがとう、ルチア。うれしいよ。もし今日お茶の誘いに対して、いつもみたいに断りの手紙が届いたら、こちらからカルデローネ家を訪問するつもりだったんだ。実は君に話さなければいけないことがあってね」

「私に対する脅迫状が届いているという件ですね」

「ああ、クロードから聞いたんだね」

「ええ。さっそくその脅迫状を見せていただけますか？」

「わざわざ恐ろしい思いをすることはないよ？」

「自分の問題なので、ちゃんとこの目で確認したいのです」

「うーん……でも、やっぱり君のようなレディーの目に触れさせるものじゃないよ……。小鳥のように繊細な君の心が、傷つくところなんて見たくないんだ」

ルチアの心が小鳥のように繊細だったことなどない。

でも、こうなったらどうせなので、ディーノの中の勝手なイメージを利用させてもらおう。

「殿下、中身を知らなければ、どんなことが書かれているのかを想像し、怯え続けなければなりません。『脅迫状には、私を細切れにしてやると書かれているのかしら。それとも私の指を一本一本切り取って……そんな脅し文句が書かれている？』……こんなふうにおぞましい妄想が常に頭から離れなくなるでしょう」

「細切れ!?　指!?　そんな恐ろしいことは書いてないよ……!!」

想像してしまったのか、青ざめたディーノが慌てて否定する。

「ディーノ殿下のお言葉だけでは信じられません。私を怖がらせないよう気休めをおっしゃっているのかもしれないのですから。ああ、たいへーん。このままでは私、恐ろしさのあまり心を病《や》んでしまいそうですわー」

わざとらしく嘆《なげ》きながら、ちらっとディーノの様子を窺う。

ディーノは観念したように息を吐いた。

「……わかった。見せるよ……」

ディーノは渋々ながら側近に指示を出し、脅迫状が入っているらしい封筒を持ってこさせた。

「本当に見るの……？」

なかなか渡そうとしないディーノの手から、封筒をさっさと抜き取る。

とくに特徴のない白い紙だが、手触りからして上質なものであることがわかる。

どうやら差出人は、それなりに身分のある人物らしい。

裏を返してみるが、当然名前などは書かれていない。

ルチアはそのまま躊躇《ためら》うことなく中身を検《あらた》めた。

『ディーノ殿下

貴殿の婚約者であるルチア・カルデローネに死の呪いをかけた』

なるほど。

「ものすごくわかりやすくて単純な脅迫状ですわね」

「こんな手紙を王宮に送りつけるなんてまともじゃないよ」

ルチアの隣に立って、脅迫状を眺めながらディーノが溜め息を吐く。

「そんな奴がルチアの命を狙っているなんて……。心配すぎて卒倒しそうだ。しかし何に換《か》えても私が君を守ってみせるからね。そのためにも、騎士団が犯人を見つけるまで王宮に滞在してくれ」

「いいえ、お断りいたします」

「わかっている。婚約者という立場での滞在は、世間体《せけんてい》が悪いと考えているのだろう？　だからプロポーズしたんだ。結婚を告知してしまえば、なんの問題もなくなるはずだ」

きたきた。

この流れなら、婚約破棄したいという要望をスムーズに伝えられそうだ。

「お気持ちはありがたいのですが、結婚に関してもお断りいたします。それから婚約も破棄させてください」

「……えっ……。……な、なななんだって……？」

ディーノが上擦《うわず》った声を上げる。

「もともと今日は婚約破棄のお願いにあがったんです。考えてみれば、殿下との婚約を取りまとめた伯父も半年前に亡くなりました。もともと単なる政略結婚ですし、婚約破棄したところで問題はないでしょう?」

「いやいや、だめだ……! そんなことは承諾《しょうだく》できない。私は君と結婚したい」

「私はしたくありません。それに殿下は、以前私に婚約破棄を宣言しようとしていましたよね」

「あれは本当の私ではなかっただろう!? そもそも今の君は危険に晒されているんだよ!? 私に守られているべきだ」

「殿下は大ごとに受け取りすぎですわ。でも貴族が脅迫状を送りつけられるなんて、そんなに珍しいことではないですし」

ルチアの父など政敵だらけなため、年に数回は脅迫状が届くぐらいだ。

父は怖がるどころか、人から恨みを買いまくっている自分を誇りに思い、脅迫状を家族に見せびらかしたりしていた。

そんな姿を見ているせいで、ルチアも今回の脅迫状に対して、警戒はしながらも過剰に怯えたりはしないのだった。

「ルチア、何かが起きてからじゃ遅いんだ。備えるに越したことはないよ」

「父に頼んで警護をつけてもらいます」

「私の庇護下《ひごか》にいたほうが安全に決まっている！　私は王子だ。いくら君が婚約破棄を望もうが、私が了承しなければ果たされるはずはない」

いかにも一国の王子らしい傲慢《ごうまん》な発言だ。

ディーノは悪い人間ではないが、こういう点は本当にいただけないと思う。

ルチアは片手を腰に当てると、右眉だけを器用に動かして、絶対零度の眼差しをディーノに向けた。

ディーノに言い負かされるわけにはいかないので、悪女のふりにも力が入る。

「権力を笠《かさ》に着て、私の意志を無視しようというのですか？　私は殿下にとって命の恩人なのですよ」

「ああ。そのことには心から感謝している。だからこそ君を離さない」

「理解できませんわ」

眼差しだけでなく、ルチアの声にも、恐ろしいくらい軽蔑《けいべつ》の色が滲《にじ》んでいた。

吹雪《ふぶき》に包まれたような錯覚に陥《おちい》って、ディーノはぶるっと震え上がった。

しかし意外なことに、それでもディーノは怯《ひる》まなかった。

「君の意志なんて関係ない。婚約破棄はしないし、もう王宮からも出て行かせない。そうすることでルチアに嫌われようと、君に危険が迫ることを阻《はば》むためなら構わない！」

王宮から出て行かせないと言われ目を剝く。

まさかこのまま閉じ込めるつもりだったなんて……。

「横暴です……！」

「王族はだいたいみんな横暴だよ」

ディーノは悪びれることなく、吐き捨てるように言った。

その開き直った態度には、ルチアもさすがに呆れた。

いつもだったら、ちょっとルチアが冷たくしただけで涙目になるくせに。今回は頑として引き下がってくれないのはどういうわけか。

（もしかしていつもの情けない態度って、偽《いつわ》りの姿なのかしら……）

ルチアが悪女を演じているように、ディーノもだめ王子を装っていたのではないだろうか？

なんのためにそんなことをしているのかはわからないが、単なる馬鹿王子でないとなると問題だ。

ディーノなんてあっさり御《ぎょ》せると思っていたせいで、ルチアにはもう切り札が残っていなかった。

これは大きな誤算だった。

（ディーノ殿下を舐《な》めすぎていたわね）

ただのぼんくらな泣き虫王子でなかったのは想定外だったが、もっとちゃんと保険をかけておけばよかった。

しかし今は後悔している暇などない。

「そうと決まればすぐメイドを呼んで、君を客室へ案内させよう」

まずい。

このままではディーノのいいように話を進められてしまう。

王宮に滞在し、自分を好いているらしいディーノの傍《そば》に居続けるなんて、予言の現実化に近づく恐れしかしなかった。

死にたくないのなら、そんな展開、何が何でも避けなければならない。

(でも一体どうしたら……)

焦《あせ》っているせいで、いい手立てが浮かばない。

そこで不意に馬車の中でクロードが言っていた突拍子《とつぴようし》もない提案を思い出した。

『「一緒に行動して惹かれ合ってしまった。だから婚約破棄してほしい」と言うんだ。見込みがないとわかれば、ディーノ殿下も君を諦めるかもしれない』

あの時はありえないと思って聞き流してしまったけれど、万事休すの今、クロードが提案してきた方法を採用するべきなのではないだろうか。

その方法を実践《じっせん》することで生じる弊害《へいがい》といえば、婚約者がいるのに他の男に目移りをした女として悪名が増すぐらいである。

それに関しては、むしろ世間から嫌われていたい身としては歓迎できる展開だ。

クロードが危険人物であることを一旦置いておけば、そんなに悪い案ではない気がしてきた。

（うん。試してみる価値はあるわ）

そう決めるやいなや、ルチアは再び腰に手を当てて胸を張った。

「やはり殿下のご厄介にはなれません。なぜなら私、クロード様を好きになってしまったのです」

きっぱりとした態度でそう宣言する。

メイドを呼び寄せようとしていたディーノは、ぽかんとした顔で振り返った。

婚約破棄したいと伝えたとき以上に、驚いているように見える。

少し離れた壁際《かべぎわ》に立ち、今までのやりとりを傍観者のような立ち位置で見守っていたクロードは、ルチアだけにわかるよう微《かす》かな笑みを浮かべてみせた。

クロードが何を言いたいのかはわかる。

クロードの思い通りに動かされているようで癪《しゃく》だけれど、他にこの場を切り抜ける手立てが浮かばなかったのだから仕方ない。

「クロードが好き……？」

ディーノが掠《かす》れた声で呟く。

ルチアは腹を括《くく》って頷《うなず》き返した。

「ええ、そうなんです。社交界のご令嬢たちの間で起こった『顔のない天使』の事件を調べる際、私はクロード様とともに長い時間を過ごしました。その中でクロード様の人となりを知り、惹かれてしまったのです。ですから婚約破棄していただきたいのです」

自分を好きになったふりをしたらどうかと提案してきたとき、クロードが言っていた台詞《せりふ》を、少しばかりアレンジしてディーノに伝える。

もしかして、クロードはこうなることまで予測して、ルチアにあのような助言を与えてくれたのだろうか。

クロードならありえるとルチアは思った。

「ちょっと待って……。理解が追いつかない……。え、だって、え……。クロードはルチアの気持ちを知っていたのか？」

混乱した頭を抱えながら、ディーノがクロードに問いかける。

クロードはちらっとルチアのほうを見た。

ルチアは眉間《みけん》に皺《しわ》を寄せて、ぎろりとクロードを威圧した。

ボロを出さずに、ディーノをうまいこと丸め込んでほしいという脅しを視線に込めたのだ。

ルチアの気持ちを読み取ったらしく、クロードは苦笑しながらディーノに向き直った。

「彼女の気持ちは今初めて知りました。でもこうなった以上、黙ってはいられません。俺も彼女と同じ想いです」

「……君もルチアを愛していると？　俺がルチアのことを相談しているとき、そんなことお首にも出さなかったじゃないか……!?」

「それはそうですよ。ルチア嬢は殿下の婚約者です。密かに慕《した》うことしか俺には許されませんからね」

「だったら隠し通してくれ……！」

クロードは平然とした態度で、肩を竦《すく》めてみせた。

「婚約は破棄されるようなので、もう隠す必要はないでしょう。しかも彼女は俺を好きだと言ってくれてますし」

「婚約破棄などしないと言っているだろう！」

「気持ちのない女性を、権力で縛りつけるなんていただけませんね、殿下」

「……っ。し、しかしルチアの身の安全が……」

「ルチア嬢のことは俺が守りますよ。護衛として俺が傍にいれば、彼女の行動を制限する必要もなくなる。俺の実力は殿下もご存じのはずです。王宮の衛兵たちより、信用して任せられるんじゃないですか？」

ディーノはぐぬぬと唸《うな》りながらも、言い返せずにいる。

クロードの実力に関して、異論はないということなのだろう。

ルチアも以前、クロードの魔法を目《ま》の当たりにしたことがあるが、彼の能力は桁外《けたはず》れに優れていた。

王宮の衛兵より強いというのは、自意識過剰な誇張などではない。

ディーノは深い溜め息を吐くと、乱暴に金髪を掻き上げた。

「ルチア、本当に王宮に留《とど》まる気はない？」

「はい。王宮に閉じこもっているほど暇ではないんです。十日後には魔法学園の授業もはじまりますし」

「クロードに守ってもらうほうが安心？」

本当はクロードにだって守ってほしくはない。

そんな内心が透けてしまったのか、ディーノが疑うような視線を向けてきた。

「どうも怪《あや》しいな……。ルチア、本当にクロードを好きなのか？」

「えっ!?　ええ、も、もちろん好きですわ」

「やっぱり不自然だ。君の口にする『好き』という言葉は、どうにも空虚だ。それにクロードに守ってほしいのかと私が問いかけた直後、君は一瞬迷惑そうにクロードを見た。到底恋する相手に向ける眼差しではなかったぞ」

「……」

ぎくりとしたなんてもんじゃない。

しかしここで慌てふためいていては、ディーノについた嘘が完全に見破られてしまう。

ルチアは必死に頭を回転させて、この場を切り抜ける言い訳を考えた。

「ええっと……殿下は、この私が恋をしたからといって、そこらの小娘のような態度を取るとお思いなのですか？　私はルチア・デ・カルデローネですわよ。好きな人を見て頬を赤らめる？　胸をときめかせる？　想像しただけで虫唾《むしず》が走りますわ」

「たとえ虫唾が走ると思っていようが、恋をしていれば自然と態度に出てしまうものだ」

「えっ。そ、そうですの？」

素《す》で問いかけてしまったルチアの背後で、クロードが咳払《せきばら》いをする。

（いけない、殿下の向けてくる疑いがますます濃くなってしまったわ）

「私はまだクロード様を好きになったばかりです。好意を抱いた序盤から、気持ちを垂れ流しにするような女ではないと言いたかったのですわ。これからどんどん恋する気持ちが増していくのですから、それにつれて態度も変化するはずです。だいたい殿下がどんな言いがかりをつけようと、好きなものは好きなのです。自分の気持ちぐらい自分が一番わかっています」

「……そうか」

ディーノは悲しげに眉を下げると、重い溜め息を吐いた。

「……ルチアが君なりの形で、クロードを好きだということはわかった。脅迫状の件についても、ひとまずクロードが護衛を務めるということで譲歩しよう。もちろん私のほうでも犯人捜しは続けるけれど」

「騎士団の方々がその任にあたってくださっているのですよね？　捜査の進み具合はどんな感じなのです？」

王立騎士団を全面的に信頼して、任せきってもいいものだろうか。

犯人が捕まらない限り、ルチアはクロードと距離を置くことができないのだ。

「待った。ルチア。まさか自分で犯人捜しをしようなんて考えていないよね？　そんな危険なことをするのなら、やはり目の届くところに置いて監視しておかないと――」

「まさか。捜査は騎士団にお任せしますわ」

ルチアは不自然なぐらいの笑顔で即座に否定した。

とにかく王宮に軟禁されるという最悪な事態は、なんとしても回避しなければならない。

王立騎士団の団員は有能揃《ぞろ》いだと聞いている。

ひとまずは彼らに任せてみて、それでも犯人捜しにひどく時間がかかるようなら、そのときに改めて考えればいい。

「脅迫の件に関しては、こちらに一任するということで問題ないね？　それから婚約破棄についてだけれど、そちらは保留とさせてもらう」

「はぁ!?」

王子であるディーノへの遠慮より、わからず屋ぶりへの苛立《いらだ》ちが勝った。

いくらなんでも度が過ぎる。

他に好きな人がいると言っているのだから、すっぱり諦めて引き下がるべきだろう。

(まったく。王子だからって、世の中のすべてを思い通りにできるつもりなのかしら？)

大概《たいがい》のことはそうかもしれない。

でもルチアはディーノの望むままになるつもりなんて毛頭《もうとう》ない。

しつこすぎる贈り物攻撃と、今回のやり取りでますますそう思った。

「恐ろしい顔で睨んでもだめだよ、ルチア。クロードがちゃんと君を守れる男なのか、それを確認できるまでは婚約破棄をするつもりはない。もしルチアにかすり傷ひとつでもつこうものなら、クロードには身を引いてもらう。そんな男にルチアを譲るなんてもっての外《ほか》だ」

「俺はその条件で構いませんよ。俺がルチア嬢に相応《ふさわ》しいかどうかを思う存分見極めてください」

ディーノとクロードは、ルチアを蚊帳《かや》の外に置いたまま勝手に話を進めていく。

ルチアはますます腹を立てながら、二人の間に割り込んでいった。

「勝手に決めないでください。私はあなたたちの景品ではありません。そもそもディーノ殿下だけでなくクロード様だって、私には必要のない存在——むぐぅ!?」

勢い余ってそこまで口にしたところで、クロードの手に口を塞《ふさ》がれてしまった。

「ルチア嬢、暴言はそこまでに。ディーノ殿下との話はちゃんとまとまったのだから、俺たちはこのまま下がらせてもらおう」

後ろから抱きかかえるような体勢でルチアを拘束したまま、クロードが扉のほうへ後退していく。

「クロード！　ルチアに気易く触れるな！　まだ私の婚約者だぞ!?」

「ええ、わかっています。晴れて俺の恋人だと公表できるまでは、一線を越えたりはしません」

「一線!?　おい、クロード……！　一線ではなく一切触れるな……!!」

クロードとルチアの姿が扉の向こうに消えた後も、ディーノは地団駄を踏みながら叫び続けた。

二章

クロードに抱きかかえられていたルチアは、王宮を出るのと同時に彼の腕から抜け出し、ぷりぷりと文句をぶつけた。

「まったくなんなのですか！　人を置物か何かのように扱って！」

「手荒な真似をして悪かった。でもあのままでは埒《らち》が明かなかっただろう？」

「それはまあそうですけれど」

「ディーノ殿下に軟禁されずに済んだわけだし、一応最低限の目的は果たせたはずだ。ひとまずそれでよしとしたほうがいい」

「でも本当は婚約破棄まで持っていきたかったところです」

「あの状況で欲をかくのは危険だよ。ただでさえディーノ殿下は、君の恋心を疑っていたんだから」

「それもまあそうですけれど……」

「相思相愛のふりが板につけば、問題なく婚約は破棄できるはずだ。王立騎士団が捜査しているのなら、脅迫状事件の犯人が捕まるまで、一週間というところだろう。その間に恋する乙女のふりを極めればいい。一週間後には犯人が捕まり、安全になり、婚約は破棄も成し遂《と》げられる。そして俺はそれを見届けたら君から離れる。これでいいんだろう？」

やけに物わかりがよくてなんだか不気味だ。

「何か企《たくら》んでいます？」

クロードに対しては遠慮など皆無なので、ストレートに尋《たず》ねると、彼はわざとらしく眉を下げた。

「心外だな。恋心を抱くことはやめると言ったが、君は恋愛感情を抜きにしても好感が持てる人だ。そんな相手が困っているのだから、できるだけ力になりたいんだよ」

どこまでクロードの言うことを信じていいのかわからない。

それに本来だったら、ディーノだけでなくクロードとだって、こんなふうに関わっていていいはずがない。

しかも想い合っているふりをするなんて、リスクが大きすぎる。

あの場を切り抜ける方法が他に浮かばなかったとはいえ、早まった気がしないでもない。

（まあでも乗りかかった船だわ。ぐずぐず考えていたって仕方がないし、全速力で目的地まで漕ぎ着ければいいのよ）

あまり思い悩むタイプではないルチアは、前向きに思考を切り替えた。

（えーっと、たしかディーノ殿下は、クロード様が私を守れるかどうかを見極めると言っていたわね）

強い男なら婚約者を譲ってもいいという発想が、原始的すぎて引いてしまうが、ディーノの思考法を矯正《きようせい》してやる義理などルチアにはない。

とにかくディーノを納得させられればそれでいいのだから、ディーノの提示した条件をクリアしようと思う。

「ディーノ殿下の騎士団が犯人を見つけ出すまでの間、脅迫状の送り主から危害を加えられずにいれば、クロード様が私を守ったということになりますよね？」

「そうだな。そのためにも犯人が捕まるまで、毎日君に張りつかせてもらうよ」

「ま、毎日……。数日おきでいいのでは……？　いえ、それよりもディーノ殿下に対して、毎日通っていると嘘をつくのなんてどうでしょう？」

「何を言っているんだ。その間にもし君が犯人から危害を加えられたらどうなる？　君は確実にディーノ殿下と結婚させられることになるよ。それは嫌なんだろう？」

「当然です」

「だったら俺を傍《そば》に置いておくしかない」

「……ですわね」

つい悪あがきをしてしまったが、やはりクロードと毎日過ごすことに関しては受け入れざるを得ないようだ。

そこではたと気づいた。

クロードはルチアの都合で、演技を強《し》いられることになるのに構わないのだろうか。

「クロード様を巻き込んでしまって、本当にいいのですか？　恋敵《こいがたき》として、ディーノ殿下に恨まれる可能性だってありますのに……」

「色恋沙汰《ざた》で恨まれるのは慣れているよ」

「……それ何の自慢にもなりませんわ」

「まあ、今のは冗談として、人の恨みを買うことを恐れていたら、満たされた人生なんて過ごせない。そもそも君が恨まれることを気にするなんて不可解だな。悪名高いルシア嬢」

「……！」

クロードの心配などをしたせいで、また無駄にボロを出してしまった。

ディーノの前ではしっかり悪女のふりを演じきれたのに、どうしてクロードの前ではうまくいかないのだろう。

「とにかく俺のことは気にしないでくれ。退屈だった毎日が刺激的になることは大歓迎だ。君と行動をともにするのは楽しいしね」

「ですが……」

「俺のことより君が心配すべきなのは、恋をしているふりをどうマスターするかじゃないか？　殿下も不審がっていただろう？　あのまましつこく問い詰められていたら、君の嘘はあっけなくばれていただろうな」

「うっ……」

否定できないのが辛《つら》い。

クロードの言うとおり、ディーノは明らかに疑っていたし、クロードが強引にあの場から連れ出してくれていなければ確実に馬脚を現していただろう。

「でもどうして疑われてしまったのかしら……」

「相思相愛の者同士の間に流れる甘い雰囲気が、圧倒的に足りないんだろうな」

「甘い雰囲気……」

それがどんなものなのか、ルチアには想像がつかない。

「どうやったら出せるものなのですか？」

「練習してみる？」

クロードがルチアを見つめながら、にやりと微笑む。

なんとなく嫌な予感がした。

「いえ、結構……」

とっさに断りかけたが、待てよとなる。

学ばなければ変われないままだ。

「やっぱり練習いたしますわ。さあ、ご教示くださいませ」

「了解。それじゃあまずは、恋をしている者同士の距離感を教えておこう」

そう言うと、クロードはルチアの腰に手を回し、ぐっと距離を詰めてきた。

（えっ。えっ……!? ここまで近づくもの……!? これが普通なの!?）

「ほら、俯《うつむ》かないで。俺の目を見つめ返して」

そう言われても、照れくさくてなかなか顔が上げられない。

クロードはくすっと笑うと、ルチアの顎《あご》に指を添え、少し強引に視線を合わせてきた。

吸い込まれそうな瑠璃《るり》色の瞳が間近にある。

恥ずかしくて仕方がない心の内を、すべて見透かされそうな気がした。

「ふはっ。どうしてそんなに赤くなっているんだ、ルチア？」

「……！」

低い声で名前を囁《ささや》かれ、心臓が跳ね上がる。

（これに耐え続けなきゃいけないなんて……。こんなの……こんなのっ……）

「もう無理ですわーっっ……!!」

羞恥心《しゅうちしん》が限界を超え、叫び声を上げる。

それと同時にルチアの魔力が暴走し、クロードを勢いよく吹っ飛ばしてしまった。

息を呑んだルチアの目の前で、運悪く池に落下したクロードが水しぶきを上げる。

(嘘……!!)

「クロード様……! ああ、どうしよう……!!」

尋ねながら慌《あわ》てて駆け寄る。

クロードは池の中に座り込んだまま、あははと明るい笑い声を上げた。

「さすが君の魔力は絶大な威力だな」

そう言いながら濡れた髪を掻き上げる。

クロードは笑い飛ばしているが、ルチアは青ざめたままだ。

「こんなふうに吹き飛ばされたことなんて初めてだよ。恐れ入ったな」

無防備だったうえ、あんな近距離から魔法を放たれては誰だって防ぎようがない。

しかしそんな中でも、クロードはとっさに防御魔法を発動させてみせた。

だからとんでもない威力の攻撃を受けたのに、無傷で済んだわけだ。

もっとも着地場所まで選んでいる余裕はなかったらしく、全身ずぶ濡れになってしまってはいたが……。

（私ったら、なんてことを……）

ルチアは潜在的な魔力値がずば抜けて高く、使い方さえ記憶すれば、どんな魔法でも発動させることができる。

しかし能力に比して経験が圧倒的に不足しているせいで、今のように魔法を暴走させてしまうことがたびたびあった。

独学で魔法のコントロール法を学んではいるが、残念ながら成果は芳《かんば》しくない。

「本当に申し訳ありません……」

青ざめたルチアがそう謝罪すると、クロードはからかうような笑みを浮かべた。

「そんなふうに謝ったりしていいの？　君は自分が悪女だと思わせたいんじゃなかった？」

「あっ!?」

たしかに悪女は殊勝《しゅしょう》な態度で謝ったりしないはずだ。

もし悪女のふりをするのなら、『こうなったのもすべてクロード様の自業自得《じごうじとく》ですわ！』などと責任転嫁《てんか》して、自分の非を認めるべきではなかったのだろう。

（でもここまでやらかしておいて開き直るなんて、さすがにできないわ……）

そもそもクロードには、悪女としての振る舞いが演技だとほぼ見破られているのだ。そんな彼の前で悪女を演じ続けるのは、もうこのあたりで限界だったのだろう。

クロードは今抱《かか》えている問題が解決次第、関わりを断つと約束してくれているし、悪女のふりに拘《こだわ》る必要はない。

ルチアはふうっと息を吐《つ》いてから、クロードを見た。

「心から申し訳ないと思っているので、悪女を気どってうやむやにするつもりはありません」

しょんぼりしながら素直にそう伝えると、クロードは驚いたように目を見開いた。

それから珍しく困り顔になった。

「参ったな。弱っている君も魅力的で好きだけど、あんまり可愛いところを見せないでくれ。前言を撤回して、抱きしめたくなってしまう」

「……!?　もう私のことは諦めるってさっきおっしゃったわ……」

「うん。そう努力するから、君も気持ちを切り替えて、俺の心を揺さぶるような態度は控えてもらわないと。そもそも君が謝る必要なんてないんだし」

「ですが……」

「ですがじゃなくて。全然警戒していなかった俺に非があるんだから。今のこの状況をディーノ殿下に知られたら、君の護衛役を即刻クビになりそうだ。このことは二人だけの秘密にしておいてくれ」

一切ルチアを責めたりはしないクロードの思いやりと優しさに触れ、どうしたらいいのかわからなくなる。

ルチアは常々、悪ふざけのように口説いてくるクロードのことを厄介な存在だと思っている。けれど、ただ迷惑をかけてくるだけの人ではないことを、知りつつあった。

(自分の都合で絶縁を突きつけなければいけない相手だから、できれば彼に対してあまり好感は抱きたくないのに……)

そんなことを考えながら、ルチアはクロードに手を貸し、彼が池の中から出るのを手伝った。

「——今日は気温が高いから、水浴びできてちょうどよかったかもな」

そう言いながらクロードが濡れた上着を脱ぐ。

下に着ていたシャツもたっぷり水を吸っており、ぺたりと肌に張りついている。

そのせいで彼の鍛えられた体の輪郭《りんかく》が露《あら》わになり、ルチアは慌てて視線を逸《そ》らした。

痣《あざ》を確認した際にクロードの裸を目にしてはいるが、見慣れるものではない。

そのうえ先ほど間近で見つめ合ったことまで思い出してしまった。

ルチアの動揺に気づいたクロードが、軽薄な態度で口笛を鳴らす。

「いいね、そういう反応は正解だよ」

「な、何がです……!?」

「君は今、俺を異性として意識して、赤くなって目を逸らした。そういう表振りを頻繁《ひんぱん》に見せてくれるようになれば、ディーノ殿下も疑わなくなるはずだ」

つまりディーノの前では、クロードを異性として意識し続けろということだろうか？

（クロード様が常に裸でいてくれるのならできなくはなさそうだけれど、それは何か違うわよね……？）

現実的に考えてもありえない。

「そわそわして、落ち着きなく視線を逸らせばいいということでしょうか？」

試しにやってみるが、クロードの表情は渋かった。

「うーん、それだちょっと違うかな……。俺に怯《おび》えて、目を合わせたくないと思っているように見える。そんな態度を取られたら、嫌われている気しかしなくて落ち込む」

「えぇ……」

好きなふりをしようとしているのに、恐れているように見えてしまうとは。

恋をしているふりは、悪女のふり以上に難しいのかもしれない。

「簡単に習得できるものではないのですねえ」

そもそもルチアは、好きな人を前にした女性がどう振る舞うかを、まったく想像できないのだ。

「まあ、でも練習を続ければ習得できるはずだ。これからまた毎日行動をともにするわけだしね。

それで明日の予定は？」

明日の予定はとくに決まっていないが、予言について調べるため母の育ったカノッキア神殿に向かいたいとルチアは考えた。

「明日はカノッキア神殿へ行きたいんです」

「カノッキア神殿？　それは予想外の答えだな」

よっぽど信心深い人間でもない限り、用もなく神殿を訪れたりはしないので、クロードの反応も当然のものだった。

「母が私に残した予言について、もっと情報を集めたいと思っているのです。無知なままでは自分の身を守ることもできないでしょう？」

「それでなぜカノッキア神殿に目星をつけたんだ？」

「母は父と出会うまでカノッキア神殿で巫女《みこ》見習いとして過ごしていました。そこで予知について学び、能力を開花させたそうです。ですからカノッキア神殿に出向いて、予知に関する基礎知識を教わりたいと考えています。……クロード様にとっては、退屈な一日になってしまいますわね」

「俺は君と遠出できるだけで十分楽しめるよ」

「はぁ……」

「ほら、ルチア。演技演技。相思相愛のふりを身につけなくちゃだろ？」

そうだった。

仕方なくルチアは微笑んでみせたが、無理をしたせいで顔中の筋肉が引き攣《つ》り、ひどくぎこちない笑顔になってしまった。

◇◇◇

翌日。

クロードは約束どおり、朝一番でカルデローネ家の屋敷を訪ねてきた。

以前、朝が弱いと言っていたわりに、扉の前に立ったクロードはすっきりとした顔をしている。

「おはようございます、クロード様。早起きは苦手だったのでは？」

「君と特別な時間を過ごすためなら、夜更《よふ》かしも控えられるよ」

いきなりこれだ。

心の準備をまったくしていなかったルチアは、警戒心を剝《む》き出しにしてクロードを見上げた。

「……もう演技をはじめているのですか？」

「もちろん。こういうことは徹底させないと。ほら君もとびきりの笑顔を見せてくれ」

「え……」

「全力の嫌そうな顔じゃなくて笑顔を見せて。大好きな俺に朝から会えてうれしいよね？」

「そーですわねー」

「いや、棒読みだし、めちゃくちゃ引いているじゃないか。全然だめ。やり直し」

「クロード様が『大好きな』なんて余計な枕詞《まくらことば》をつけるから、体が拒否反応を起こしてしまったのですわ」

「照れ隠しでつっけんどんになってしまうっていう設定にしたのか？　それはそれで構い倒したいって気持ちにさせられるな」

にやにや笑いながら、クロードが肩を抱いてくる。

「そうやっていきなり触れられると、また魔法で弾《はじ》き飛ばしてしまいますわよ」

「構わないよ。あのときのしょんぼりしていた君、とんでもなく可愛かったから」

「……よくそう次から次へと、浮ついた言葉を並べられますわね」

「浮ついた言葉じゃない。想い人に愛を囁いているんだ。わかっているくせに、つれないな」

溜め息を吐いたクロードが、切なそうな眼差《まなざ》しを向けてくる。

クロードは本当にすごい。

こうもあっさり恋人に向けるような態度を演じられるのだから。

そんなふうに感心させられながらも、ルチアは居心地の悪さを覚えていた。

どうしても視線が泳いでしまう。

見つめられることになんて慣れていないのだ。

（……そわそわして落ち着かないわ……）

この甘い空気に、いきなりどっぷり浸《ひた》るのはさすがに無理そうだ。

（少しずつ慣れていきましょう……！）

自分に言い聞かせながら、咳払《せきばら》いをする。

「クロード様、そろそろ出発したいので表に停《と》めてある馬車へ移動しませんか？　今日は兄も家にいるので、出かけるところを見られたくないのです」

しかし少し遅かった。

「おや。どういうわけか、招かれざる客が我が家の門を叩いたようだな」

振り返れば、エントランスに続く階段を降りてくる兄バルトロの姿があった。

しまったと思っても後の祭り。

父譲りの神経質そうな顔には、これでもかというぐらいの敵意が滲《にじ》んでいる。

短く切られた黒髪の下の細い眉はキッと吊り上がり、ルチアとよく似た瞳は、獲物をどうやって嬲《なぶ》るか思案中の猫のように細められている。

「気持ちのいい朝だったのにこれか。残念ながら今日は厄日になりそうだ」

兄はクロードに挨拶《あいさつ》もせずに、露骨《ろこつ》な嫌味をぶつけてきた。

『カルデローネ家の毒蛇』の異名を冠するバルトロは、どんな人物が相手でも辛辣《しんらつ》な態度を取りがちだ。

でもクロードに対してはとくに手厳しい。

前回ルチアが巻き込まれた事件の際、バルトロはクロードのせいでルチアが窮地《きゅうち》に立たされたと思い込んだ。

その件が尾を引いているのかもしれない。

「貴殿の遊び相手として相応《ふさわ》しいような者は、我がカルデローネ家にはいませんよ。ルチアにはいつも気高《けだか》くあるように教えていますのでね」

自分もクロードにしょっちゅう失礼な態度を取っているが、兄も相当ひどい。

「ちょっと、お兄様……！」

ルチアは慌てて割って入ろうとしたが、驚いたことにクロードのほうがそれを止めた。

「ルチア、構わないよ。兄上が俺を牽制《けんせい》するのは当然だ。もし俺が兄上の立場だったらきっと同じようにしていただろうし。こんな可愛らしくて魅力的な妹さんがいたら、現れる男すべてを威嚇《いかく》したくもなりますよね」

そう言いながらにっこりと笑ってみせる。

ルチアは兄のこめかみに青筋が立つのを見逃さなかった。

「知ったふうな口を利《き》かないでいただきたいものです」

「ええ。もちろんあなたのご心痛に対して、心底共感できるわけではありません。あなたはルチアを守る側の人間で、俺は攫《さら》っていく側ですからね。でもルチアの意志を無視して、勝手に俺を追い払おうとしたりして大丈夫ですか？　あなたがおっしゃられたとおり、ルチアは気高く、しっかりとしていて、付き合う相手を自分の目と心でちゃんと見極められる女性だ。だからこそ、その判断を蔑《ないがし》ろにされれば、相手が兄のあなたであっても、気に障《さわ》ると思いますが」

「ぐっ、そ、それは……」

バルトロが黙り込むのを見て、ルチアは内心感心した。

(クロード様ったら、高圧的な物言いで常に相手を圧倒してきたお兄様をやり込めてしまったわ)

こんな人は初めてだ。

バルトロはひどく苛立《いらだ》ち、ものすごい形相《ぎょうそう》でクロードのことを睨《にら》みつけている。

バルトロが反論を再開する前に、さっさと出かけてしまったほうがよさそうだ。

「お兄様、私たち急ぎますので！　行ってきます！」

「あ、こら！　ルチア！　まだ話が終わってな――」

叫んでいるバルトロの眼前で、扉をバタンと閉める。

やれやれ。

除《の》け者扱いするようにバルトロから逃げてしまったルチアを見て、クロードが苦笑を浮かべる。

「いいのか？　後で怒られない？」

「構いませんわ。お兄様なんてキャンキャン吠《ほ》える小型犬と変わりませんもの。それに怒るのはこちらのほうですわ。帰ったら、改めて兄に出しゃばらないでほしいときっぱり伝えるつもりです。自分の交友関係は、自分でしっかり管理できますもの」

「君みたいに、跳ねっ返りで自由奔放《ほんぽう》な性分の可愛らしい妹がいたら、兄上も気が気じゃないだろうな。もし俺なら閉じ込めてしまうかも」

クロードがまたサラッと甘い雰囲気を出してくる。

(私もクロード様ぐらい気楽に、彼を好きなふりが演じられたらいいのに)

そんなことを思いながら、ルチアは馬車のもとまでクロードを案内した。

◇◇◇

「王都の郊外にあるカノッキア神殿に向かってちょうだい」

馬車に乗り込み、御者《ぎょしゃ》に指示を出す。

「かしこまりました」

半年前からカルデローネ家の御者として働きはじめた男は、無関心を極めた冷たい声で返事をしてきた。

この御者はいつも素《そ》っ気《け》ない。

そのうえとんでもなく暗い。

メインの馬車を父や兄が使っているときにだけ利用する二台目の馬車に割り当てられた人材だし、数カ月間の臨時雇いだと聞いているので目を瞑《つぶ》っているが、ルチアはこの御者が苦手だ。

しかし今日は父がメインの馬車を使っているので、我慢するしかない。

そのまま馬車は走りだし、王都はどんどん遠ざかっていった。

舗装《ほそう》されていない田舎道《いなかみち》を三時間ほど馬車で走り、広々とした畑と森ばかりの景色になった頃――。

小高い丘の上に、石造りの神殿が見えてきた。

数百年以上前、王都がこの地に築かれるのに合わせて建造されたカノッキア神殿。

長い歴史とともにあり続けた神殿の圧倒的な存在感は、遠目から眺めただけでも十分すぎるほど伝わってきた。

カノッキア神殿の入り口に到着したところで、ルチアとクロードは馬車を降りた。

王都とは違い、空気が新鮮で清々《すがすが》しい。

心地よい風が吹くと、土と木の匂いがした。

周囲は静かで、鳥や虫の声しかしない。

二人はカノッキア神殿の荘厳《そうごん》な門を潜《くぐ》り、敷地内に入っていった。

「妙だな。全然人がいない」

クロードが辺りを見回しながら言う。

「ええ。神官と巫女を合わせて五十人近い方が生活をされているはずなのですけれど……」

「右手に見えている施設を覗《のぞ》いてみようか。礼拝堂だろう」

石畳の通路を歩き、クロードが指し示した建物へと向かう。

入り口は開放されていたが、礼拝堂の中にもやはり人はいない。

告解室《こっかいしつ》の扉も閉ざされている。

しかし説教台の後ろに設《しつら》えられた祭壇の蠟燭《ろうそく》には火が灯《とも》され、明かりがゆらゆらと揺れていた。

痕跡だけはあるのに、実際の人の姿が見られないと、なんとなく不安な気持ちにさせられる。

ルチアとクロードは顔を見合わせてから、礼拝堂の外に出た。

「敷地のもっと奥へ向かえば、巫女や神官たちが暮らしている神殿があるはずです。そちらへ向かってみましょう」

ルチアがそう提案したときだった。

「こんにちは？」

不意に背後から声をかけられ驚く。

振り返ると、今しがたルチアたちが通ってきた木立の中に、若い巫女の姿があった。

数日前、ルチアが王都で見かけた巫女と同じように、彼女も特徴的な長衣を身に纏《まと》っている。

鼻の周りにそばかすのある素朴《そぼく》な顔立ちの女性で、年齢はルチアとそう変わらないように見えた。

「勝手に入ってしまい申し訳――」

素直に謝罪しかけたところで、クロードが耳打ちしてきた。

「……悪女のふりをしなくてもいいのか？」

「はっ！」

そうだった。

王都を離れているせいで、気が抜けていたようだ。

ルチアは咳払いをすると、不思議そうにこちらを見ている巫女に対してツンとした顔を向けた。

「ご機嫌よう。私はカルデローネ侯爵家のルチアです。所用があってこちらの神殿を訪れたのですが、やけに人が少ないようですわね？」

「今日はいろいろあって人が出払っていたので……。本来なら、詰め所にいる当番が案内を申し出るところだったのですが」

人が出払っていると口にした時、わずかに巫女の表情が曇った。

「何か問題があったのかしら？」

ルチアはクロードと視線を見交わしてから尋ねてみた。

事と次第によっては、出直したほうがいいのかもしれない。

巫女は迷うように視線を泳がせた。

「……まだ詳しいことはわかっていないので、外の方にお伝えすべきではないかも。……でもお二人にも危険が及んだら……」

考えを口に出してしまうタイプらしく、巫女がそんなことを呟《つぶや》く。

「危険があるのなら、教えていただきたい。俺たちだけ無防備でいたくはないので」

クロードの言葉を聞き、巫女がハッと顔を上げる。

「たしかにそうですね……。実は今朝、神殿の裏に広がる森の奥で、大量の血痕《けっこん》が見つかったんです。そのうえ巫女が一人行方不明になっていて……。野犬か何かに襲われたのかもしれないということで、神官を中心に山狩りを行っているところなのです」

神殿の先、小高くなった土地に広がる鬱蒼《うっそう》とした森を振り仰ぎながら巫女が言う。

「野犬の被害はよくあることなのかしら？」

ルチアは重ねて尋ねた。

「いえ……。私がこの神殿に来て五年ですが、今回が初めてのことです」

野犬が長年裏の森を棲《す》み処《か》にしていたのであれば、被害は何度か出ているはずだ。

(最近になって、群れが移り住んできたのかしら?)

被害者がまだ発見されていないというのも気がかりだ。

「そういうわけなので、もしご兄妹《きょうだい》様ともお祈りを希望されるようでしたら、山狩りが終わるのを待っていただくしかないのです。ご高齢の神官長様自身は森に入られてはいないのですが、補佐をできる若い神官が不在なので……。お待ちになられるようでしたら、待機するための部屋を用意いたします」

「あ、いえ、今回はお祈りとは別の理由で訪ねてきたのです。私の母、ラヴィニア・カルデローネが結婚前、このカノッキア神殿でお世話になっていたようでして、二十年ほど前の当時のことを知っている方がいらっしゃったら、お話を伺《うかが》いたかったのです。でも今日はご迷惑でしょうから、出直させていただきますわ」

「二十年前……。それでしたら巫女長様ならご存じかもしれません。巫女長様も神官長様同様、山狩りには参加なさらず、通常のお勤めに当たられています。何度も王都から起こしいただくのも大変でしょうし、ラヴィニア・カルデローネ様とお知り合いかどうかだけでも確認してきましょう。

ここで少しお待ちください。カノッキア神殿の敷地内は、魔法防壁で守られているので、野犬は入ってこられませんので」

巫女は長衣の音をするすると立てながら去っていった。

「残念だったな。兄妹だって。できれば新婚夫婦だと勘違いされたかったな」

クロードが苦笑しながらルチアを振り返る。

巫女が自分たちを兄妹だと誤解した件について言っているのだろう。

たしかにルチアは悪女のふりをすることばかりに気を取られて、恋をしている演技のほうが疎《おろそ》かになっていた。

これでは先が思いやられる。

(クロード様が好き合っている同士は距離感が尋常《じんじょう》じゃなく近いと言っていましたし、そのぐらいは意識しなくてもできるようにしておきたいですわね)

こちらから近づいていくのも照れくさいが、どこかで踏ん切りをつけなければいけない。

えいと思ってクロードに寄り添い、腕がぴたっとくっつくくらい距離を詰める。

「……!?　えっ、ちょっ、ルチア……?」

突然落ち着きを失ったクロードが、戸惑《とまど》った顔でこちらを見下ろしてくる。

自分は平然と触れてくるくせに、何を今更慌てているのだろう。

「距離を近づけないと特別な関係に見えないのでしょう？」

「あ、ああ……。そうか。演技か。そうだよな……」

ぶつぶつと呟いた後、なんだか残念そうに溜め息を吐く。

もしかして自分から行動を起こすのは平気でも、こちらから仕掛けると動揺する質《たち》なのだろうか。

(でもたしかに、されるのとするのとでは違いますわね)

ルチアだって、クロードから近づかれるより、自分から接近するほうが全然気楽でいられた。

(なるほど。だったらこれからはどんどん自分から行動を起こしましょう！)

道が開けた気がしてうれしくなってきた。

ちょうどそのとき、先ほどの巫女が別の女性を連れて戻ってきた。

彼女も巫女用の長衣を身に纏っているが、先に出会った若い巫女とは違い、装飾具の数が多い。

若い巫女とは親子ほども年が離れているので、恐らく高位の巫女なのだろう。

化粧などはしていないが、凛《りん》とした独特の雰囲気を持つ美しい女性である。

生きていたなら、ルチアの母も彼女と同じぐらいの年齢になっていたはずだ。

「巫女長のセレスト・ドルシです」

そう名乗ると、彼女は愛情のこもった瞳でルチアをじっと見つめてきた。

「ラヴィニアによく似ていますね」

セレスト巫女長は懐《なつ》かしむように瞳を細めた。

「！　母をご存じなのですね」

「ラヴィニアとは少女時代をこの神殿でともに過ごしたのですよ」

ルチアの腕に、セレスト巫女長がそっと指を添えてくる。

同じ感情を共有したからか、セレスト巫女長との距離が一瞬で近づくのをルチアは感じた。

優しい眼差しや声音の節々《ふしぶし》から、本気で母を偲《しの》んでくれていることが伝わってきた。

セレスト巫女長の想いが伝染したのか、ルチアは久しぶりに母に会いたいと強く思った。

瞳の奥がつんとなり、慌てて鼻を啜《すす》る。

「ラヴィニアがこの神殿にいた頃のことを、お知りになりたいと聞きましたが」

「当時の母の生活が知りたいのです。たとえば、この神殿で母がどんなことを学んでいたのか――とか」

娘が、幼い頃に亡くした母について知りたがるのはごく自然なことだと思ったのか、セレスト巫女長はどうしてそんなことを調べているのか尋ねてきたりはしなかった。

「ラヴィニアが学んでいたことというと、彼女のあの特別な能力を言っているのでしょうか？」

セレスト巫女長が母の予知能力について知っているのかわからなかったので濁して伝えたのだが、これならば話は早い。

「母はこの神殿で、予知能力を高めるための修行をしていたと聞きました。この神殿には、予知能力に詳しい指導官がいらっしゃるのでしょうか？」

「この神殿では、先人の知識と教えをもとに自《みずか》ら学びを得るのです。ラヴィニアが修行をしていた場所へご案内しましょう。そこでなら、あなたが求めている答えが得られるかもしれませんよ」

セレスト巫女長が案内してくれたのは、カノッキア神殿の地所内でもっとも奥まった場所にある古びた建物だ。

鍵を開けてくれたセレスト巫女長に続き、石造りの門扉《もんぴ》を潜る。

彫刻師によって扉や柱に施《ほどこ》された細工には緑色の苔《こけ》が生えていて、時の流れを感じた。

建物の中に入った後は、螺旋《らせん》階段を降り、それから長く真っ直ぐな廊下を歩かされた。

空気は湿っていて黴臭《かびくさ》い。

長いこと人が出入りしていないのだろう。

以前、肝試《きもだめ》しで訪れ、クロードと出会うきっかけにもなった旧ロイジェード監獄の存在が、脳裏を過《よぎ》る。

多くの囚人が無念の死を遂げた場所のことなど、なぜ思い出したのだろう。

その直後――。

不意に視線を感じて、ルチアは背後を振り返った。

長い廊下の後ろには、当然誰もいない。

(気のせいかしら……)

首を傾《かし》げながら、前に向き直る。

「この第一神殿はカノッキア神殿の中で最古のもので、歴史は三百年前まで遡《さかのぼ》ります。もともとは、すべてのお勤めをこの場所で行っていたのですが、建物の老朽化に伴い、今は蔵書《ぞうしょ》の管理場として使っています」

廊下の角を曲がると、等間隔で扉がずらりと並んだ区画に出た。

「ここはすべて蔵書室になっています」

説明してくれたセレスト巫女長が、扉の鍵を開ける。

「ラヴィニアはこの六番蔵書室に入り浸り、いつも予知能力に関する知識を学んでいました」

窓のない部屋には、人ひとりが通れる通路の両側に、ずらりと本棚が並んでいた。

保管されている本は、どれもかなり年季が入っている。

そのため室内には、古書が放つ独特の香りが満ちていて、その匂いはこの場所が歴史と知識の宝庫だという事実をルチアに教えてくれた。

背表紙を見ると、たしかに予知能力に関する書物がずらりと並んでいる。

「本を読んでみても?」

「ええ、構いません。カノッキア神殿ではすべての建物が、十六時に施錠されます。それまででしたら、好きなだけいてくださって大丈夫ですよ」

「ありがとうございます」

ルチアは格式ばった態度でお礼を伝えた。

本当は、手を握るなどして感謝の気持ちを特別に示したかったのだが……。

セレスト巫女長は旧友の娘であるルチアに対して、愛情のこもった接し方をしてくれたのだから、ルチアだって同じように応《こた》えたかった。

しかし『悪女ルチア』は決して他人に心を開いたりしない。

自分の命を守るために悪女のふりを続けているとはいえ、こういう瞬間はなんとも言えない気持ちにさせられる。

なんとか運命の与えた試練を乗り切り、十六歳の誕生日を迎えられたなら、思うままに生きてやる。

心の底からありがとうと伝えたり、思いっきり笑ったり。

そんな自由を得るためにも、予知に関する調査を頑張らなければいけない。

まだ昼過ぎだし、出がけにメイドが用意してくれた軽食を持参しているので、数時間はここに閉じこもって調べ物に充《あ》てられる。

「本当はもっとお話しをしていたかったのですが……。今日はバタバタとしていて……。これで私は失礼させていただきますね」

そう言い残すと、セレスト巫女長は去っていった。

「──さて、どこから調べる？」

クロードが室内を見回しながら尋ねてくる。

前回の事件の際にも、カルデローネ家の書斎で本を読み漁《あさ》ったことがあるが、そのときと比べて今回は書物の量がとんでもなく多い。

「……ここにあるすべての本を確認するとなったら、半年以上かかりますわね」

「普通に読んでいけばな」

そう言うと、クロードは本棚に向かって右手をかざした。

クロードが呪文を唱えるのと同時に、彼の掌《てのひら》に魔法の光が灯る。

「速読魔法を使えば、数時間で全部の本を読み終えることができる」

「なるほど」

「速読魔法は習得済み？　もし知らないなら、教えるが。ルチアだったらすぐ発動させられるだろう？」

「ですが魔法をコントロールできないので、確実に暴走しますわ」

「ああ」

噴水に落とされたときのことを思い出したらしく、クロードが苦笑する。

「じゃあ速読魔法は俺に任せてくれ」

クロードを頼り切っていいのだろうかと迷いもしたが、むやみやたらと魔法を発動させて、神殿の貴重な書物を傷つけるわけにはいかない。

クロードが相当な実力を持つ魔法の使い手だということもわかっている。

ここは意固地にならず、クロードの力を頼るべきだろう。

「それではよろしくお願いいたします」

「任せて。君が頼ってくれるなんてうれしいよ。作業を開始する前に訊《き》いておきたいんだが、君が求めているのはどんな情報？」

「最も知りたいのは、『予知能力の的中率に関する知識』ですわ」

有《あ》り体《てい》に言えば『確実に当たる予知能力など存在するのか』ということが知りたいのだが、その部分はクロードに話していないため、曖昧《あいまい》な表現で伝えるしかなかった。

「了解。予知の的中率がたいしたことないとわかれば、君も安心できるものな」

「え、ええ……」

純粋にこちらの気持ちを慮《おもんぱか》ってくれていることが伝わってきたせいで、隠し事をしている事実を後ろめたく感じた。

しかし母の予知能力に関しては、ルチア一人の問題でもない。

そんなことを考えていると、クロードは早くも速読魔法を使って、書物を読み漁りはじめていた。

クロードが右側の本棚から片づけていくようなので、ルチアは慌てて左の壁に並ぶ本棚の前に移動した。

予知に関する初歩的な知識も知りたいが、それに関しては恐らく欲《ほっ》している事柄を探す過程で、おのずと学べるだろう。

魔法と違って、原始的な方法で読み込んでいくことしかできないが、一冊でも多くクロードの負担を減らしたい。

◇◇◇

それから数時間——。

「よし、これでラストだ」

最初に宣言したとおり、クロードは室内にある蔵書のすべてを、速読魔法を用いて読破してしまった。

ルチアが斜め読みで確認できたのは、たったの十一冊。

いくつか気になる情報を得ることはできたが、やはりここはクロードの成果を頼ることになりそうだ。

「さっそく俺のほうの結果を伝えていいか?」

「はい、お願いします」

「君が知りたかったことについては、ここにある書物のいくつかに記載があった。その数十冊の書物に書かれている内容はすべて一致していた。『予知能力者の平均的な的中率は三〇パーセント。的中率の精度を高めることは可能だが、どれだけ修行を積んでも予知で完璧に未来を言い当てることは不可能』だそうだ」

「……」

ルチアはごくりと息を呑んだ。

予知で完璧に未来を言い当てることは不可能。

それが真実なら、ルチアの運命には一筋の光明《こうみょう》が射す。

だが新たな疑問も浮上した。

母は、なぜ自分の予言は百発百中だと言い残したのか。

自分の能力に対して過大評価をしていたのか、それとも完璧な予知などありえないとわかったうえで、敢《あ》えて嘘をついたのか。

もしくは母が歴史上はじめて完璧な予知を成し得た人間だったのか。

ただ三つめの可能性は他と比べて低い。

今回得た別の知識がその事実を証明しているのだ。

ルチアは、重要な情報の載《の》っているページで、開いたままにしておいた本を手に取った。

——神と固い繋がりを持つことで、予知の力は強まる。

強力な予知能力を得るためには、心の中から神への絶対的な信仰心以外を排除しなければならない。

特別な予知能力を持つ巫女、神官たちはすべて生涯独身を貫《つらぬ》いた。

彼らは常に神と一心同体にあり、神以外を愛することはなかったのだ——。

本にはそう記されている。

「予知能力を持つ巫女や神官にとって、恋愛はご法度《はっと》。それは当たり前の認識らしく、言葉や表現方法は違えども、すべての書物に書かれていました」

ルチアの言葉に、クロードが頷き返す。

「ああ、俺が読んだ本にも同じような内容の説明があった」

「神以外を愛することで予知の能力が弱まるのであれば、父と結婚した後、母の予知能力の精度は下がったはずですわよね……」

父と母は恋愛結婚だと聞いているし、ルチアの記憶にある限り、両親はかなり夫婦仲がよかった。

母が父を愛していなかったとは考えにくい。

百歩譲って母が父を愛していなくても、ルチアの予知が下される前には、ルチアの兄であるバルトロが誕生している。

誰も愛さないとなると、母は実の息子にすら愛情を抱かなかったことになってしまう。

母はそんな薄情な人間では決してなかった。

完璧な予知能力を持っているという証言が偽《いつわ》りならば、母はなぜそのような嘘をついたのか。

もう一度、母から遺言を託された父に確認をとったほうがよさそうだ。

ルチアが複雑な思いを抱きながら考え込んだとき――。

不意に二人の頭上で、腹の底に響くような物音がした。

微かな震動もあり、天井から埃《ほこり》がはらはらと散ってくる。

音は上階から聞こえた。

「今のって、扉を閉める音じゃないか？」

天井を見上げながらクロードが呟く。
ルチアもそんな気がした。
扉の施錠は十六時だと聞いている。
まだとてもそんなに時間が経《た》ったとは思えないが、なんとなく嫌な予感がした。
「確認してみましょう」
ルチアの提案にクロードが頷く。
二人は第六蔵書室を出て、上階に続く螺旋階段を上っていった。
一階に辿《たど》り着き、廊下を進む。
角を曲がって広間へ出れば、その先に外へ通じる扉があるはずだが……。
「あっ」
やはり扉は閉まっていた。
セレスト巫女長が立ち去るときに、鍵を開けたまま扉だけ閉めていったのだろうか。
でもそれなら先ほどの物音の正体は……？
クロードが扉に手をかけて押してみる。
扉はびくともしなかった。
「鍵が閉められているな」

クロードはすぐに懐中時計を取り出し、時刻を確認した。

「まだ十四時だ」

「もしかして行き違いがあったのでしょうか？」

神殿は野犬騒ぎの影響で、ざわついている。

常とは違う何かがあってもおかしくはない。

ルチアは扉の外に向かって、呼びかけてみることにした。

「あのー。どなたかいらっしゃいませんかー。閉じ込められてしまったのですけれどー」

しーん。

反応はまったくない。

以前、廃墟となっている監獄に閉じ込められてしまった時も似たような状況に陥《おちい》った。

あのときは魔法が暴走して壁を破壊してしまったのだけれど、ルチアは意図的に攻撃魔法を放つことができない。

「クロード様、魔法で壁を破壊することは可能ですか？」

「もちろん。壊してしまおうか？」

「あ、いえ……！　さすがに神殿の壁を破壊するのはちょっと……。穏便に出られる方法をまずは探してみましょう」

「そうだな。神殿や王宮のように身分の高い人間が出入りする建物には、大抵の場合、外へ出るための隠し通路が設置されている」

「襲撃を受けた場合に備える必要がありますものね」

「ああ。問題は、その隠し通路を見つけ出せるかだ」

隠されているから『隠し通路』なのだ。

おそらく簡単には探し出せないだろう。

ルチアとクロードは、まず一階を念入りに見て回り、次に階段を降りた先の地下階へと向かった。

地下は一階と比べてかなりの広さを有している。

先ほどルチアたちが書物を調べた書庫以外にも、古い道具類をしまった倉庫や、がらんとした空き部屋、鉄格子《てつごうし》で厳重に囲われた病室のような小部屋などがあった。

神殿の歴史は古い。

この恐ろしい病室は、流行《はや》り病《やまい》にかかった者を閉じ込めるのに使っていたのかもしれない。

さらに通路を先に進むと、入り組んだ造りをした霊廟《れいびょう》に辿り着いた。

トンネルのような小さい穴の中には、数えきれないほどの石櫃《せきひつ》が並んでいる。

暗い穴からは湿った冷気が漂っていて、ここに入った途端、気温が数度下がったような奇妙な肌寒さを感じた。

恐らく安置された遺体が悪臭を放たないよう、特殊な魔法を施し、霊廟内の温度を管理しているのだろう。

クロードにぴったりとくっついて歩きながら周囲を見回していると、急に彼が肩を抱き寄せてきた。

「何って、君がくっついてきてくれたから。もしかして霊廟にいるのが怖い？」

怪訝《けげん》に思いながら問いかけると、にこにことした笑顔と視線がぶつかった。

「え？　なんですの？」

「……」

たしかにこちらから密着していったが、相手からもそうされると落ち着かない。

「死んだ人が眠っている場所を恐れる意味がわかりませんし、私から一方的に接触するので、クロード様は何もしなくて結構です」

「俺からは触るなってこと？」

「はい。自分から行動を起こす場合は、意外と平常心でいられると気づいたので。この感じでしたら、クロード様と密着していられるんです」

「それじゃあ意味がない。いくら距離を詰めていても、平然とした態度でいたら、恋愛関係には見えないよ。それに――」

クロードはルチアを振り向かせると、その弾みで肩に流れた髪の一房をそっと掬《すく》い上げた。

「俺は君にドキドキしてもらいたい。傍にいても何も感じないなんて言わせたくない」

髪に触れたまま熱っぽく見つめられた途端、二人の間に流れる空気が変わった。

突然、暗い霊廟に自分たちしかいないことを意識してしまう。

「あの、えっと……」

返す言葉が一切浮かんでこなくなって、ルチアはそわそわと視線をさまよわせた。

自分から触れるときは全然意識しないのに、クロード側から接触されると、髪を一房握られているだけで動揺してしまうのはなぜなのか。

「こうしていても、落ち着かない感じしかしない？　それとも少しはドキドキしてくれている？」

「そ、それは……」

「こうして触れられるのは嫌？」

「自分が自分でなくなるような気がして……それが嫌ですわ」

「俺が嫌なわけじゃない？」

「クロード様のことは……」

わからない。

嫌……ではないのかもしれない。

嫌だと思っていたら、想い合っているふりをする相手に彼を選んだりはしなかった。

「ルチア、教えてくれ」

クロードの甘い声が、いつもより低くなる。

そのまま彼の唇が耳元に近づいてきて……。

「君にどう思われているのか知りたいんだ」

囁きかけられるのと同時に、彼の唇がほんの束《つか》の間《ま》ルチアの耳たぶに触れた。

「ひゃっ……」

自分の唇からやけに甘えた声が漏《も》れてぎょっとなる。

その瞬間、ルチアの羞恥心《しゆうちしん》が限界を迎え――。

「む、無理ですわッッ……!!」

叫んだ拍子《ひようし》に、またしてもルチアの中の魔法が暴走してしまった。

ルチアに密着していたクロードは、今度も勢いよく彼女の魔法で吹き飛ばされた。

狭い通路だったことが災いし、池に落としてしまったときとは違って、クロードは受け身を取りながらも石壁に激突した。

今回もクロードは咄嗟《とつさ》に防御魔法を用いたようだが、石壁のほうは大きく崩れている。

そのことからもルチアの暴走した魔力が、とんでもない威力を発揮したことが見て取れた。

もしクロードの防御魔法が間に合っていなければ、彼もきっと大怪我《おおけが》を負っていたことだろう。

「ああ、もう！　私ったらまた……！　クロード様、申し訳ありません……！」

血の気《け》が引いていくのを感じながら、クロードのもとへ駆け寄る。

「ぷっ……ははっ！　また喰らってしまったな。これじゃあ守っているはずのルチアのほうが、俺より強いんじゃないか？」

「笑いごとじゃないですわ……！」

ルチアの力が暴走し、クロード相手に魔法を放ったのはこれで二度目だ。

しかも今回は石壁まで破壊し、クロードを瓦礫《がれき》の下敷きにしてしまった。

瓦礫の中でくくっと笑っているクロードの上から、急いで小石をどけていく。

「怪我なんてしてないから、そんなに気に病《や》まないでくれ。そもそも俺がまた行き過ぎたちょっかいをかけたせいなのだし」

「こんな目に遭《あ》ったのに、笑って許したりしないでくださいませ……！」

「許すも何も怒る理由なんてないんだって。しかも俺のために慌てふためく君を見るのは最高の気分だ。これなら何度でも吹き飛ばされたいね」

「クロード様……！」

ふざけてばかりのクロードを、ルチアは睨みつけた。

そうしながらも本当はわかっている。

前回同様今回も、クロードはルチアが落ち込まないよう、わざと軽口を叩いているのだ。

(それに対し、私は何をしているのかしら……)

項垂《うなだ》れそうになるが、そんな態度を見せたら、余計クロードに気を遣《つか》わせてしまう。

(反省は一人になってからするべきね……)

ルチアは強引に気持ちを切り替えようとして、顔を上げた。

そんなルチアの視界に、予想外の光景が飛び込んできた。

「クロード様！　後ろを見てください……！」

ルチアが大穴を開けてしまった石壁。

なんとその穴の先に通路が繋がっていたのだ。

穴の先を覗《のぞ》き込んだクロードが、ぴゅうっと口笛を吹く。

「壁の中に隠された通路か。隠し通路の可能性が高いな。やるじゃないか、ルチア。監獄に閉じ込められたときと同じで、君の暴走した魔力が道を切り開いてくれたらしい」

◇◇◇

立ち上がったクロードは、土埃を払い落としながら大きく崩れた壁を眺めた。

「ルチア、見てごらん」

「なんですの？」

ルチアもクロードのもとへ歩み寄り、彼が示した場所を覗き込む。

「あ！」

ルチアが破壊した場所のすぐ隣、壁のちょうど真ん中辺り。

積み上げられた石のひとつが不自然に出っ張っている。

（もしかして……）

ルチアは試してみたくなり、手を伸ばした。

「気をつけて」

クロードが声をかけてくる。

慎重に飛び出た石を摑み、手前に引いてみる。

石はルチアが想像していたとおり、難なく外れた。

その直後、壁の中からガチャンという音が響いた。

「仕掛け扉だったのですね」

「みたいだな」

ルチアが石を外した部分をクロードが押すと、壁の一部が奥へ移動し、隠し通路の入り口が現れた。

さきほど取り除いた石が仕掛け扉の鍵となっていたのだろう。

「どうやらこの扉が、隠し通路に繋がる正規の入り口だったようだ。さて、ルチアどうする？　隠し通路をこのまま進んでみる？　風の流れを感じるし、隠し通路の存在理由を考えても、ほぼ間違いなく建物の外部には繋がっているだろう。だが暗いうえ、どのぐらい長い通路なのかも想像がつかない。どうせ壁を壊したついでだ。上階に戻って扉も破壊し、外へ出るって方法もあるけど」

「そんな、そこら中壊して回るわけにはいきませんわ」

とくに神殿の扉は、彫刻師による細工が施された貴重なものだ。

弁済を申し出て事足りるとは思えない。

「隠し通路を進みます」

ルチアがそう告げると、クロードはとくに異を唱えることもなく頷いた。

クロードが魔法で光を灯してくれたので、それを頼りにルチアは大穴を抜けて、隠し通路に入った。

すぐ後ろをクロードが続く。

古い石で囲まれた通路は狭く、天井はルチアのすぐ上まで迫ってきている。当然、背の高いクロードは少し屈《かが》まなければならなかった。

舗装なんてされていないので道もかなり悪い。

石壁に手をつき、慎重に進んでいく。

それでも、うっかり躓《つまず》くことが何度かあった。

そのたびクロードがサッと手を出して支えてくれた。

「俺が前を歩いたほうが安全じゃないか？　でもそれだと後ろが暗くなるしな……。手を引いて進もうか？」

「えっ、と……」

クロードを弾き飛ばす直前のやりとりを思い出し、触れることを躊躇《ためら》ってしまう。

「警戒しないでくれ。今は純粋に君のナイト役を務めたいだけだ」

「あ、そ、そうでしたか」

意識しすぎた自分が恥ずかしくなってくる。

「……それでは私のほうから手を握らせてくださいませ」

自分主導で行動を起こせばドキドキすることもない。

そう思っているルチアは、クロードの手に自《みずか》ら触れにいった。

勢い余って指と指とを絡《から》ませた繋ぎ方になってしまったが、まあ問題ないだろう。

「これでよしっと。さあ、進みましょう」

「……」

「クロード様？」

ルチアから繋がれた手を、なぜかクロードが無言のまま見下ろしている。

「……簡単に言いくるめられすぎて心配だ。しかも自分からだったら、ありえないぐらいの距離まで平気で近づいてきてくれるし……。もう少し自覚を持ってほしいな……」

「え？　なんですの？」

ぶつぶつ呟いているが、聞き取れるほどの声量ではない。

「いや、なんでもない。進もう」

「はあ……」

首を傾げつつ、クロードの呼びかけに従う。

しかしその後もクロードの態度は奇妙なままだった。

（さっきからクロード様、黙ったままよね……？）

いつもなら饒舌《じょうぜつ》すぎて面倒なぐらいなのに。

そう気づいたら、沈黙がやけに気になってきた。

そのせいか、レースの手袋をしているのにも拘《かか》わらず、触れている指先から彼の存在を強く感じてしまい戸惑う。

ただ手を引かれているだけなのに。

自分のほうから触れたのに。

なんで平気でいられなくなってきたのだろう。

（暗闇の中、二人きりだから？　でも今手を繋いでいるのは、危険を回避するためであって……）

意識する必要のないことなのに、なんでまた魔法を暴走させる前みたいにそわそわしてきたのだろう。

心臓の鼓動の音がやけにうるさい。

それになんだか息がしづらい。

どうしよう……。居《い》た堪《たま》れない。

このままでは、また魔法を暴走させてしまう気がする。

そうなる前にクロードの手を離そうとしたとき――。

「出口だ」

クロードの言葉に、慌てて視線を上げる。

角を曲がった先、道は途切れているが、その天井部分に木の板が見える。

壁には、その戸板まで登るための古びた梯子《はしご》がかかっていた。

地上への扉であろう木の板の隙間《すきま》からは、微かに外の光が漏れている。

やっぱりルチアとクロードが予想したおとり、隠し通路は外の世界に繋がっていたのだ。

「俺が先に登ってみよう。梯子が腐っているかもしれないから」

「えっ!?　だったら私が先に……！」

神殿に来たがったのはルチアのほうだ。

それに付き合ってくれたクロードを実験台代わりにするなんてありえない。

「どいてくださいませ」

手袋を脱ぎ捨てながらずんずん前に出ていくと、クロードがふっと笑いを零《こぼ》した。

「本当に飽きないな、君は。そんなふうに手袋を脱いで、俺に素肌を晒《さら》してしまっていいの？」

気合いを入れるために両手を擦《こす》り合わせていたルチアは、そのままの格好でぴたりと静止した。

直前まで何も気にしていなかったのに、クロードが変なふうに指摘してくるから、急に決まりが悪くなる。

「またそういうことを言って……」

しかもクロードの視線は、白くて細いルチアの素手をじっと見つめている。

ルチアは思わず両手を後ろに隠してから、クロードを軽く睨んだ。

そんなルチアをクロードが楽しそうに見つめ返す。

「だんだん君を意識させるコツがわかってきた気がする。――で、本当に先に挑戦したい？　ドレスで登っていくのに、俺が下にいて構わないってこと？」

「はっ……！」

覗かれてもいないスカートを、慌ててバッと隠す。

「そういうところは嫌いです！」

「へえ。じゃあ好きなところもあるってこと？　うれしいな」

ルチアが動揺するほど、クロードは上機嫌になった。

「差し障《さわ》りがあるようだから、俺が行くよ」

しかも結局、クロードはさりげなく危険な役目をルチアから奪い取ってしまったわけだ。

（いつもクロード様の思い通りにされてしまうわ……）

父や兄、友人のジャンナやイザークに対してだったら、おおよその場合、ルチアが主導権を握っていられる。

もともとはルチアだって、自分が持っていきたい方向に話を誘導するのは得意なほうなのだ。

それがクロードが相手となると、途端に勝手が違ってくる。

（どうしたらクロード様に振り回されずにいられるのかしら……）

ルチアは悶々《もんもん》と考えながら、梯子を登っていくクロードを見守った。

クロードの動きは軽快で、無駄がない。

あっさり梯子の上まで辿り着くと、彼は天井にある扉の取っ手に手をかけた。

そのままぐっと力を入れて下に引く。

扉は軋《きし》んだ音を立ててゆっくりと開いた。

それに合わせて、扉の上に積もっていた木の葉や土がパラパラと落ちてくる。

「神殿の裏の森に繋がっているみたいだな」

そう言われて、野犬のことが頭に過る。

「……もし外に野犬がいたら」

「百匹まとめて出てこようと、一瞬で対処できる」

クロードはなんてことのないように言った。

彼にとっては他愛もない問題なのだろう。

扉の穴の縁《へり》に両手をかけたクロードは、腕の筋肉を使いながら、穴の上へ易々《やすやす》と上ってみせた。

「さあ、ルチア」

こちらに向かって、当然のように手を差し出してくれる。

からかってくるときとは全然違う。

面白がったりはしていない真面目な顔で、ルチアを待っている。

だからルチアも変に天邪鬼《あまのじやく》な態度をとったりせずにその手を取れた。

ルチアの腕力では、クロードと同じように穴の上へ這《は》い出すことは難しい。

これまでの自分だったら、クロードを頼ることに抵抗を覚えていたはずだ。

なのに今回素直に頼れたのは、何度も魔法を暴走させてしまった負い目があるからだろうか？

それとも責めることもなく、笑い話に変えてくれるクロードの思いやりを知ったせいだろうか。

心境の変化の理由は、自分でもまだよくわからなかった。

◇◇◇

ルチアが危惧《きぐ》したように、野犬に襲われるなどという事態も起きず、二人は森を抜け、カノッキア神殿に戻ってくることができた。

ルチアたちが最初に訪れたときとは違い、忙《せわ》しなく行き来する巫女や神官の姿が見られる。

恐らく山狩りに行っていた神官たちが、神殿に戻ったのだろう。

壁を壊してしまったことを謝罪したかったので、ルチアはたまたま通りかかった若い神官を呼び止めると、セレスト巫女長への取り次ぎを頼んだ。

セレスト巫女長はすぐに姿を見せた。

「あら？　お二人はもう帰られたと伺いましたが……」

ルチアたちを見るなり、そう言って首を傾げる。

その反応にルチアたちも戸惑った。

（なぜ帰ったなんて誤解されたのかしら？）

訝《いぶか》しく思いつつ、まずは第一神殿に閉じ込められてしまったことと、壁を破壊してしまったことを伝えた。もちろん壁の修復は侯爵家のほうでさせてほしいとも。

話を聞くうちに、セレスト巫女長はみるみる青ざめていった。

「どうか壁のことはお気になさらず。それよりも本当に危ないところでした……。実は先ほど開かれた会合の中で、野犬の事件が落ち着くまで、どの建物も施錠をし、用のない場所への出入りを禁じることが決定されたのです。第一神殿は普段利用する者がいない場所です」

「もし俺たちが扉を破壊できるほどの魔法を使えなかったら……閉じ込められたまま、何日も発見されない可能性があったということですか？」

クロードの言葉を聞いた途端、セレスト巫女長はぶるっと体を震わせた。

ルチアたちは誰にも見つけてもらえず、衰弱死していた可能性もあったのだ。

「……でも一体なぜ、扉は閉められてしまったのかしら。今後の方針を決めるための会議はたった今終わったばかりなのです。すべての建物の鍵を施錠すると決まるより先に、誰かが第一神殿の鍵をかけたことになるのですが……」

「私たちが帰ったと言ったのはどなたでしょう？」

セレスト巫女長は質問の意図が摑めなかったようで、何度か瞬《まばた》きを繰り返した。

しかし数秒遅れて、その眉間《みけん》に皺《しわ》が寄った。

「知らせをもたらしたのは、カルデローネ家の馬車の御者でした。ルチア様からのお礼と、これから出発するけれど見送りはいらないという旨《むね》を伝えられました。あの伝言が偽りだったということですか……？」

「私は御者にそんな指示は出していません。ここに到着して以降、御者には一度として会っていませんし」

「では、なぜ御者はそんな間違った知らせを寄越《よこ》したのでしょう……？」

セレスト巫女長が困惑《こんわく》した顔で呟く。

ルチアは顎に指を当てて、考え込んだ。

ルチアたちが帰ったと神殿側が思い込めば、二人が閉じ込められている事実は尚更《なおさら》気づかれにくくなる。

「御者が俺たちを閉じ込めたってことか？」

クロードが言う。

「外部の人間が鍵を持ち出すことはできますか？」

ルチアが尋ねると、セレスト巫女長は複雑そうな顔で頷いた。

「鍵は管理室に置かれていて、誰でも近づくができます。とくに今日は人が出払っていたので、ばれずに持ち出すことも難しくはなかったでしょう」

どうやって御者が鍵の在《あ》り処《か》を知ったのかはわからないが、とにかく彼に話を聞く必要がありそうだ。

ルチアたちはすぐに、神殿の入り口にある馬車の待機場所へと移動した。

しかし――。

「……まあ、そうだよな」

もぬけの殻《から》になっている馬車の待機場所を見てクロードが呟く。

すでに御者が逃げ出したということは、彼が犯人である可能性がぐっと高まった。

（王都に戻ったらあの臨時雇いの御者について、しっかり素性《すじょう》を調べなければ……）

三章

御者《ぎょしゃ》の失踪《しっそう》によって帰る手段を失ってしまったルチアたちだったが、神殿の馬車を借りることでなんとか王都まで戻ることができた。

「無事に帰れてよかったー！　寝ましょう！　……てわけにはいかないわね」

自室の窓辺に立ったルチアは、カーテンの間から夜空を見上げつつ吐息《といき》を漏《も》らした。

気がかりなことは多々ある。

自身の死に関する予言のことは当然、脅迫状のことや、御者の裏切り——。

しかし今、もっともルチアの心を占めているのは、神殿の地下通路で起こしてしまった魔力暴走のことだ。

クロードに心配をかけたくはなかったので、あの場は一旦気持ちを切り替えたが、一人になった今、ちゃんと向き合わなくてはいけない。

（どうして私、クロード様から迫られると、魔法が暴走するほど動揺してしまうのかしら……。クロード様は相思相愛のふりをしてくれているだけなのに……）

想い人を相手にするかのように接してこられたり、甘い言葉をかけられると、どうしても受け止めきれない。

自分に覚悟が足りないせいなのだろうか。

でもどうやれば変われるのかわからない。

こんなふうに迷いを抱いたまま、相思相愛のふりを続けていたら、きっとまた魔法を暴走させてしまうだろう。

（そんなことを繰り返すうち、いつかクロード様を傷つけてしまうのでは……）

想像してゾッとなる。

クロード相手にもう魔法を暴走させないためにも、別の方法を探すべきではないのか。

きっとクロードは気にしなくていいと言うだろう。

でもそれに甘えていてはいけない。

そもそもディーノに婚約破棄してもらわなければ命が危険だというのに、なぜ自分は本気で頑張れないのだろう。

情けなくて溜め息が零《こぼ》れる。

「恋愛というものを甘く考えすぎていたわ」

どうするべきか、どうしたらいいのか。

答えを出せないいまま、夜は更《ふ》けていった。

◇◇◇

翌朝、ルチアが、もそもそと起きて着替えをしていると、慌《あわ》てた様子のメイドが現れた。

「おはようございます、ルチア様。今朝もベルツ様がお見えになられていらっしゃいますが、いかがいたしましょう？」

「ベルツ様……あっ、えっ!?　クロード様が!?」

彼との関係について悶々《もんもん》と悩んでいたせいで寝不足のルチアは、クロードの名を聞いた途端、反射的に頬を赤らめた。

（本当に毎日傍《そば》にいるつもりなんだわ……）

考えがまとまっていないので、本当はまだ会いたくなかったのだけれど、こちらは巻き込んでしまっている身だ。

そんなわがままは言っていられない。

ルチアは急いで支度を終えると、クロードの待っている応接室へと向かった。

「おはようございます、クロード様」

礼儀正しく腰を折り、淑女《しゅくじょ》らしい挨拶《あいさつ》をする。

「おはよう、ルチア。さあ、今日はどこへ行く？　希望を聞かせてくれ。どこでもお供するよ」

「あ、いえ。今日は一日家にいるつもりなので、クロード様に護衛をしていただく必要はありません。昨日お伝えしておけばよかったのですが、無駄足を踏ませてしまいましたね」

「君に会えたのに、無駄足だなんて思うわけない」

「はあ……」

息を吸うように甘い言葉を吐くのは、もうクロードの癖《くせ》のようなものだし、気がそぞろになっているルチアはぼんやりとしたまま聞き流した。

その反応を見て、クロードが片眉を上げる。

「反応が薄い……。疲れている？」

「い、いえ。全然。いつもどおりです……」

「ふうん？」

クロードは少しの間、ルチアをじっと見つめてきたが、またすぐ微笑みを浮かべると、ごく自然な仕草でルチアの手を取った。

「出かける予定がないのなら、俺に付き合ってくれないか。個人的に君を連れていきたい場所があるんだ」

「あまり気乗りがしませんわ」

「でもこんなにいい天気だよ」

「考えなければいけないこともありますし」

「一晩中考え続けたという顔をしているのに？」

図星を指されて、ルチアはぎくりとなった。

「答えが出ないときは、一度頭を空《から》にしたほうがいい。西区の自然公園に、今日から移動遊園地が来ているらしい。そこでデートをしよう」

「デート……!?　いえ、あの、実は相思相愛のふりは、もうやめておいたほうがいいのではと思っていて――」

メイドたちには聞こえないよう、潜《ひそ》めた声で伝える。

「そうか。だったら尚更《なおさら》デートだ」

「は？」

「善は急げだよ。さあ、ほら行こう」

「あっ、ちょ、ちょっとクロード様……!?」

◇◇◇

結局ルチアは半ば強引に、公園まで連れてこられてしまった。

移動遊園地に来るのは五年ぶりだ。

点在するカラフルなテントや明るい音楽には、現実を忘れさせる魔法のような効果がある。

風に乗って運ばれてくるのは、キャラメルやシナモンの甘い香り。

はしゃぐ人々の楽しそうな声に包まれて、いつの間にかルチアも微笑みを浮かべていた。

そんなルチアを見つめるクロードの目は、とても優しい。

「移動遊園地が王都にやってくると、春が訪れたって感じがするよね」

「……ええ、たしかに。そのせいか皆様とても幸せそうですわ」

「ああ。ここでは貴族も庶民もないしね。みんな平等に楽しむ権利を持っている。もちろん君も俺も」

そう言うと、クロードはまだ戸惑《とまど》っているルチアの手を取り、自分の腕に添えさせた。

勝手なんだからと思いながらも、少し笑ってしまう。

「やっと笑ってくれた。さあ、今日は思う存分楽しもう」

ルチアは迷いながらも頷《うなず》き返した。

移動遊園地には、非日常的な浮き立った空気が満ちている。

(……だから、そう。きっと私もその空気に当てられちゃったんだわ)

心の中で言い訳がましくそんなことを考えたが、つまりはルチアだって遊園地を周りの人々のように楽しみたかったのだ。

(一応、今日はクロード様に触れないよう気をつけましょう)

帰ったら、これからどうするのかもしっかり考えたい。

そう決意してから、ルチアは周囲の様子に改めて視線を向けた。

綿菓子やポップコーン売りのカート、ピエロが手渡している山ほどの風船、見世物小屋に、ミラールーム。

全部面白そうだ。

その中で、とくにルチアの興味を引いたのが射的だった。

段々になったディスプレイ台に景品がずらりと並んでいて、コルクライフルで命中させたものを貰《もら》えるというシステムらしい。

ちょうどルチアが見ているタイミングで、若い男女が店主に声をかけた。

どうやら彼女がほしがったぬいぐるみを、恋人が狙うようである。

渡された弾《たま》は五発。

残念ながらその五発とも外れて、景品を手に入れることはできなかったが、恋人たちは楽しそうに笑みを交わすと、腕を組んで去っていった。

その二人の立ち振る舞いは当たり前ながらとても自然で、ルチアは思わず目で追ってしまった。

(あの女性、心から気を許して、恋人にぴったりと寄り添っていたわ)

ルチアが身につけなければいけないのは、ああいう態度なのだろう。

「気に入った景品でもあった？」

クロードに尋《たず》ねられ、我に返る。

いけない、いけない。

(一人じゃないのに、夢中で観察していたわ……！)

「あ……」

クロードからの質問に答えるため、ルチアは慌てて射的のディスプレイ台に視線をやった。

先ほどのペアが狙っていた景品の三つ隣に、なんともいえない哀愁《あいしゅう》を漂わせたウサギの置物がある。

ルチアはそれを一目で気に入った。

「魔除《まよ》けになりそうなあのデザイン、とてもいいですわ」

「え……。あれ……？　逆に呪われそうな見た目だけど」

クロードとルチアでは、感想が真逆らしい。

「でも、君が欲しいなら俺が取ってこよう」

「あら、自分でできますわ」

「え？　ライフルを使えるのか？」

「はい。……あっ、でもこういうとき、恋人同士だったら男性に頼るのが正しいのかしら？」

さっき目にした恋人たちを思い出しながらぽつりと呟《つぶや》く。

ルチアの独り言を、クロードは聞き漏らさなかった。

「君らしさを捻《ね》じ曲げる必要はないよ。もし君が、自分のできることでも男に頼っていたいというのなら、話は別だけど」

「……！　そんなわけありませんわ。少しお待ちください。ちょっと戦ってきますので」

「ああ、頑張って」

ムッとしながら伝えたルチアとは違い、クロードはやけに楽しそうだ。

その笑みを見た途端、クロードに乗せられたのだと気づいたが、もう後には引けない。

ルチアは腕まくりをしながら、屋台に向かってずんずんと進んでいった。

「射的、挑戦いたしますわ」

ルチアがそう声をかけると、店主は目を真ん丸くさせた。

「お嬢様がやられるんで……？　本気ですかい……？」

「もちろん本気よ」

「……ですが、女性で参加される方なんて皆無ですぜ……？」

「あら、でも女がやったらいけないわけではないでしょう？」

「はぁ……。ライフルの扱い方はご存じで？」

戸惑いを隠すことなく、店主が尋ねてくる。

ルチアはにっこりと微笑んでみせた。

幼少期に、猟銃の扱い方を父から学んだことがあるのだ。

もっとも父も自《みずか》ら率先して、銃をルチアに持たせたわけではない。

この国では狩猟は男性の趣味とされる。

女性陣は狩りに参加したりしない。

ルチアがやりたがったとき、父も最初は大反対した。

だから兄が狩猟を習う際に、「私も私も！」と要求し、泣いて喚《わめ》いて、最後にはむくれて「教えてくれないお父様なんてだいきらい！」という殺し文句でとどめを刺し、学ぶ機会を勝ち取ったのだった。

「腕前にはそこそこ自信がありますの」

「うーん……。本当に大丈夫ですかい？　貴族のご令嬢に怪我でもさせちゃあ一大事ですからねえ」

店主はまだライフルを渡してくれない。

「射的用のライフルで怪我をすることなんて、そうそうないと思いますが……。弾だってコルクでしょう？」

「まあ、そうですが……。お連れさんにお任せしちゃどうです？」

店主が言っているのは、もちろんクロードのことだ。

「なるほど。つまりあなたは、コルク銃が危険だと真剣に思っているわけではなく、淑女らしく男性を頼っていればいいのにと主張していらっしゃったのね？」

社交界で定評のある氷のような冷たい眼差《まなざ》しを向けると、店主はヒッと怯《おび》えた声を上げた。

そんな店主に向かって、無言のまま手を差し出す。

店主はさすがにもう抵抗せず、ライフルと五発分のコルク弾を寄越《よこ》した。

一連のやりとりを後方から眺めていたクロードが、くくっと笑う。

「それじゃあルチア、お手並み拝見といこうか」

「ええ、見ていてくださいませ」

スカートが汚れることも気にせず膝《ひざ》をついたルチアは、射的台に両肘《ひじ》をついてバランスを取った。

それから脇をしめ、ライフルを構える。

ライフルの柄を頬に密着させ、しっかりと固定することも忘れない。

これで銃口のぶれを最低限に抑えられる。

「なかなか様になってるな」

背後に立ったクロードが感心したというように呟く。

構えただけで褒《ほ》められてもと思いながら、ルチアは一発目の弾を撃った。

命中するのと同時に、クロードは口笛を吹いた。

「やるじゃないか！」

「まだまだですわ」

狙い撃たれたウサギの置物は、コロンという音を立てて台の上に転がった。

あっけなく目的は達成できたが、弾はまだ四発残っている。

せっかくなので、ウサギの隣に並んだ置物を立て続けに撃っていく。

コロン、コロン、コロン、コロン。

ルチアは一発たりとも外さなかったので、四つの置物が転がる結果となった。

「こりゃあたまげた。たいした腕前ですねえ。貴族のお嬢様にこんな特技があるとは……」

さすがに店主も認めざるを得ないと思ったらしく、褒めながら手を叩いている。

店主はそのまま転がった景品をすべて袋に詰めようとした。

「いただくのはウサギのものだけで大丈夫ですわ」

ウサギの置物を受け取り、お礼を言って店の前から離れる。

隣を歩くクロードは、店主に背を向けた直後から笑いっぱなしだ。

「ぷっ……ははははっ。俺も君の才能には驚かされたけれど、それにしても……くくっ。あの店主の顔見た？」

目を真ん丸にし、大口を開けたまま固まっていた店主の顔を思い出す。

たしかにあれはかなり滑稽《こっけい》だった。

あんな顔になるほど驚かせるつもりはなかったのだけれど。

クロードと並んで歩きながら、ルチアは掌《てのひら》の上に乗せた置物を改めて眺めてみた。

妙ちきりんな顔をしていて、やっぱり可愛い。

「気に入った？」

「ええ、とても。大事にいたしますわ」

尋ねてきたクロードににっこりと笑いかけると、彼は少しだけ複雑そうな表情を浮かべた。

「それなら尚更、俺が取ってあげたかったな」

「あら。クロード様もあの店主と同じように、女はすっこんでろ派なのですか？」

じとっとした横目で見ると、クロードは一拍置いて苦笑した。

「まさか。でも俺もまだまだ自分の思い込みで、世界を狭めてしまっているようだ。そのことに君が気づかせてくれる。だから俺は、君と過ごすのが楽しくて仕方ない」

「珍獣扱いされている気分ですわ」

「そういう意味じゃない。君は俺にとって特別な相手だってこと」

クロードが一歩踏み出したせいで、二人の距離がぐっと近づく。

彼が甘い雰囲気を作るのは、いつも唐突だ。

だからルチアはすぐさま対応できずに、慌てふためいてしまう。

「君の換えはきかない。俺にとって世界でただ一人の人だ」

「……っ」

顔がどんどん熱くなっていく。

先ほど射的をしていた恋人同士のことが脳裏を過《よぎ》る。

あの女の子だったら、こんなときどう反応したのだろう。

考えたいのに、心臓の鼓動の音がうるさくて頭がちゃんと回らない。

「あ、の……私……」

息苦しさを感じたルチアが、じりっと一歩後退しかけたとき――。

「俺たちきっと特別な友人になれるね」

そう言うと、クロードのほうから体を離してくれた。

（あ……。な、なんだ。今のは相思相愛の演技ではなくて、私たちの友情について話していたのね……！）

勘違いをして焦《あせ》ってしまった自分が恥ずかしい。

それと同時に、ホッとした部分もある。

やっぱり相思相愛のふりは、ルチアには荷が重すぎた。

（いつまで経《た》ってもこんなふうに安堵《あんど》しているようじゃ、両想いの演技なんて到底務まらないわ）

昨夜の悩みが蘇《よみがえ》ってくる。

表情を曇らせたルチアが、それを隠すために俯《うつむ》きかけたときだった。

「あ、ルチア。ジェラートの屋台だ。俺たちも並ぼう！」

「えっ、わ!? クロード様！」

移動遊園地に誘ったとき同様、強引ともいえる態度でクロードがルチアの手を取る。

クロードの歩みは弾《はず》むようで、小走りにならなければついていくことができない。

慌てさせられたせいで、今日は触れ合わずにいようと思ったことすら忘れていた。

「ほらほら、ルチア。早く早く！」

夜の社交界では、色気をダダ漏れにさせて、多くの令嬢を魅了してきた人のくせに。

太陽の光のもとだと、まるで子供みたいにはしゃげるクロードの背中を、ルチアは不思議な気持ちで見上げた。

(摑み所のない変な人……)

でもぐいぐい口説いてきてルチアを困らせていた頃のクロードより、今の彼のほうがずっと好感が持てた。

(このクロード様とだったら、ちゃんとしたお友達になれるかもしれないわ)

もちろん、あまり振り回されるのはごめんだけれど。

楽しいことを共有しようとしてくれる態度で接せられること自体は、決して嫌ではなかった。

◇◇◇

クロードの希望でジェラートを購入した後は、またまた彼の希望で観覧車に乗ることに決まった。

とはいえ、ルチアも内心ではわくわくしていた。

空は晴れ渡り、小さな雲が数えるほどしか見当たらない。

きっと頂天に辿《たど》り着けば、王都の遠く、郊外にある森や川まで見渡せるはずだ。

甘いジェラートを舐《な》めながら、期待を抱きながら窓の外を眺めていると、向かいのクロードがふっと笑った。

視線を向ければ、優しげな眼差しと目が合う。

「楽しんでくれているようでよかった」

ルチアは少しだけ居心地の悪さを感じながらも、素直に頷いた。

「ええ、楽しいですわ。最初はちっとも乗り気ではなかったのに」

強引に連れ出してくれたクロードのおかげで、移動遊園地を満喫できたし、気分転換にもなった。

今のすっきりした頭でなら、煮詰まってしまった悩みに答えを出せそうな気さえする。

「観覧車で空を一周するのに十五分。その間だけでも、君が抱《かか》えている悩みを俺に打ち明けてみないか？」

まるでルチアの思考を読んだかのようなタイミングで、クロードが提案してきた。

（……どうしましょう。たしかに私一人では、悩みが堂々巡りするばかりだったわ。でもクロード様に相談したところで、気にしなくていいと言われるだけでしょうし）

ルチアは思案する時間がほしくて、ジェラートを口へと運んだ。

クロードはそんなルチアのことを、楽しそうに眺めている。

結局、クロードの視線と沈黙に耐えられなくなったルチアは、諦《あきら》めの溜め息を吐《つ》きながら、クロ

ードに思っていることを打ち明ける道を選んだ。

「魔法の暴走によってクロード様を傷つける可能性があるので、相思相愛のふりは中止にしたほうがいいのではないかと考えていて……」

「却下《きゃっか》。そんなこと気にしなくていいよ」

「ほら。そうおっしゃるとわかっていたのです」

「だったら何を悩むことがあるんだ？」

「いくらクロード様が気にしなくていいと言ってくださっても、私が嫌なんです」

「傷つけられても構わないと俺が言っているのに？」

「私は傷つけたくありませんもの。……クロード様は女たらしで、軽薄で、私を振り回すことが多くて、そういうところは苦手ですけれど、でも……いいところもたくさんあって、私、あなたのことが嫌いじゃないんです。だから私のせいで怪我など絶対にしてほしくはなくて……」

そこまで伝えたところで顔を上げると、なぜかクロードは真っ赤な顔をして固まっていた。

（えっ……？）

こんなクロードの反応、今まで一度だって見たことがない。

クロードの発言に動揺して赤くなるのはルチアばかりだったのだ。

もしかしてクロードは、このタイミングでまた相思相愛のふりをはじめたのだろうか。

（でも人って演技で赤くなれるもの……？）

「あ、あの、クロード様……？」

戸惑いながら呼びかけると、クロードは大きな掌で自分の顔を覆《おお》い隠してしまった。

「……いや、今の不意打ちはずるいだろ」

「え？　え……？」

ますますわけがわからなくなる。

（不意打ちってなんのこと……？）

どうしたらいいのかわからないし、クロードのせいでこっちまでそわそわしてきた。

カップの中のジェラートは溶けはじめているが、もはやそれどころではない。

「突き放そうとしながら、そんな可愛いことを言ってくるなんてひどいな。手放せるわけがない……」

自分の手の中に顔を埋めたクロードは、ルチアに聞きとれない声で何かを呟いてから、ガバッとその顔を上げた。

「相思相愛のふりをやめる必要はない。君ではどうにもできないのなら、俺のほうで解決策を用意しよう。魔法の暴走で俺が傷つかなければいいわけだろう？　だったら簡単だ。ルチアといるときは、常に魔法シールドを張っておく。これなら君が魔法を暴走させても、もう吹き飛ばされることはなくなる」

常時魔法シールドを発動させるのには、魔力をかなり消費する。

簡単にできることではないはずだ。

「そんなこと可能ですの……？」

「凡人には難しいかもな。でも俺にはできる」

それを証明するように、クロードは観覧車の中で魔法シールドをあっさり発動させた。

「ほらね。これでもう問題ない」

クロードは涼しい顔をしているが、彼の周囲には魔法シールドによる魔力がぼんやりと滲《にじ》み続けている。

クロードの能力には何度も驚かされてきたが、やはりこの人はすごい。

ルチアは素直に感心した。

「というわけで、もうこれからは俺を引き離そうなんて考えないでくれ。俺は君の目的が達成されるまで、傍にいるんだって決めている。君も、もう迷ったりせず、俺とともにやっていくんだと覚悟を決めてくれ。いいね？」

熱のこもった瞳で覗き込まれ、圧倒される。

どうしてここまで真剣に、ルチアの問題を解決するため協力してくれるのかはわからないが、当事者のルチアが泣き言ばかり並べてはいられない。

「わかりましたわ」

心配の原因だった魔力暴走に関しては、クロードが解決してくれた。

これからはいくらでも気兼ねなく、クロードに触れられるし、彼からドキドキさせられたって大丈夫というわけだ。

（そうとなったら心を入れ替えて、頑張らないと……！）

本当にドキドキさせられてしまっても構わないのか。

恋愛初心者のルチアは、その重要な問題点に気づかないまま、クロードに向かって満面の笑みを見せた。

四章

翌朝、ぐっすり眠ってすっきり目覚めたルチアは、はりきって身支度を整えると、アデーレ夫人の屋敷へと向かった。

国王の寵愛《ちょうあい》をほしいままにしているアデーレ夫人。

そんな彼女から、恋をしているように見える振る舞い方を、しっかり教わろうと考えたのだ。

もし昨日や一昨日のようにクロードが訪ねてきたら、待っていてくれるよう伝言を残してある。

(伝言なんて聞かなくても、私がどこで何をしているのか、クロード様はご存じでしょうけれど)

ルチアがちらりと視線を向けた木の枝には、シュルシュルと舌を出している蛇の姿がある。

あれはクロードの使い魔の蛇だ。

どうやら使い魔の蛇は、ルチアが家を出たら尾行するよう命じられているらしい。

脅迫されているルチアを守るためなのだろうが、常に監視の目があるというのは複雑な気持ちにさせられる。

そんなことを考えながら、アデーレ夫人の屋敷の門を潜《くぐ》る。

門の先から屋敷の入り口までは、長い遊歩道が続いている。

遊歩道を半ばまで歩いたときだった。通路に面した中庭のほうから、耳に馴染《なじ》んだ話し声が聞こえてきた。

(あの声はクロード様とアデーレ夫人のものだわ)

「……」

「……」

聞き取れるのは断片だけで、何について話しているのかはわからない。

まさかクロードとここで鉢合《はちあ》わせになるとは思ってもみなかったが、彼が同席していたって特段問題はない。

なんなら相思相愛のふりを習得するため、練習に付き合ってもらってもいいぐらいだ。

ルチアは声のする方角を目指して、小道を折れた。

春の花に囲まれた中庭のあずまやで、お茶をしているアデーレ夫人とクロードの後ろ姿が見える。

ルチアは背の高い木々の間を歩き、あずまやのほうへ向かっていった。

背を向けている二人は、まだルチアの存在に気づいていないようだ。

「……ふふ。今の話を聞く限り、あなたがルチアさんを本気で好きになりかけているように思えるのだけれど」

アデーレ夫人の口から自分の名前が出る。

（……私の話をしているの？）

このまま顔を出して大丈夫だろうか。

迷ってしまい、足が止まる。

その際に足下の草を踏んでカサッと音が鳴ったが、アデーレ夫人もクロードも気づかなかったようだ。

「いいのかしら。あんな純粋なお嬢さんを傷つけたりして」

アデーレ夫人の言葉が続く。

これでは立ち聞きしているのと変わらない。

ちょっと気まずいけれど、二人の前に出ていこうとしたときだった。

「ルチアを口説き落とすつもりなんてない。あの子と恋人になれるわけなんてないし。そもそも彼女の傍《そば》にいられるのは一時《いっとき》だけだ。期限付きだからこそ、我慢できているわけだけど」

クロードの言葉を聞き、体が固まる。

進もうとしていた足が、急に重くなったのを感じる。

足は地面に縫いつけられたかのように、全然動かなくなってしまった。

「まあ、ひどい言い方。ルチアさんが可哀想よ」

「どうして？　彼女だって望んでいるはずだ」

クロードの甘い態度や情熱的な言葉はすべて演技だし、そういう約束のもと一緒にいたのだ。

それはわかっている。

（でも期限付きだから我慢できるって……）

愛情表現は単なる演技だとしても、友情は本物だと信じていた。

だからその気持ちを裏切られたことがひどくショックだった。

（……我慢するぐらいなら、協力なんてしてくれなくてもよかったのに……。そもそもクロード様はいったいどういうつもりで、協力を提案してきたのかしら）

考えても答えなんて見つからないし、理由なんてどうでもよくなってきた。

昨日、観覧車の中で伝えてくれた言葉に喜んだ自分が心底馬鹿らしく思える。

態度がコロコロ変わる彼についていけない。

傷ついた気持ちは、徐々に怒りへと変わっていった。

「……」

ルチアは無言で踵《きびす》を返すと、そのままアデーレ夫人の屋敷を後にした。

◇◇◇

ルチアが立ち去った後――。

アデーレ夫人はそれまでルチアの立っていた方向に視線を向けた。

その瞳が意味ありげに細められる。

「私は殿方より可愛い女の子の味方なの。クロード様もそれはご存じね？」

クロードが軽く肩を竦《すく》める。

「あなたのように恋に手慣れた男性が、相手が必ず止めてくれることを期待して、全力で好意を示すのはちょっといただけないと思うわ。口説き落とされてしまったルチアさんが、クロード様に恋心を抱いてしまっても、あなたのお立場では拒否するしかできないのでしょう？　それってルチアさんにはあまりに酷よ」

クロードはある目的を果たすため、いつか必ず隣国に帰らなければいけない。

そのとき、この国で出会った女性を伴うことは決してできない。

クロードの事情を知るアデーレ夫人は、だからクロードの態度に否定的だった。

「ルチア様が可愛くて仕方ないのはわかるけれど、責任を取れないのなら、ほどほどのところで線引きをする必要があってよ」

　クロードは痛いところを突かれたという態度で、溜め息を吐《つ》いた。

「でも、あなた自身にもどうにもならないくらい惹《ひ》かれはじめているんでしょう？」

「ああ、そのとおり」

「だから一度だけ助け船を出して差し上げたわ。──少し前まで、そこにあなたの可愛いウサギさんが隠れていらしたのよ。ご存じなかったでしょう？」

　珍しく動揺したクロードが、アデーレ夫人の指さした先に視線を向ける。

「……ルチアが？」

「そう、ちょうどあなたが、『期限付きだから我慢できる』とかおっしゃっていたタイミングだったわ」

　クロードは体面を取り繕《つくろ》うこともできず絶句した。

「……明らかに誤解される内容じゃないか？」

「うふふ、もちろん誤解したと思いますわ。ルチア様は悲しそうなお顔で、立ち去られましたから」

　クロードはすぐさま席を立って、ルチアの後を追いかけようとしかけたが、結局行動には移さなかった。

　たしかにアデーレ夫人に指摘されたとおり、自分はルチアに嵌《は》まりすぎている。

友人として見ると嘘をついて、接近したときには、まだお気に入りの女の子程度の感情だった。

でも恋人同士の距離感で傍にいたらだめだった。

彼女は唯一無二《ゆいいつむに》の存在過ぎたのだ。

悪女のふりをしているくせに、根は優しくてお人好《よ》しなルチア。

予想外の言動や態度は見ていて飽きないし、素直すぎる反応は可愛いし、すべてにおいて目が離せない。

ルチアのほうで応《こた》えることがなければ、存分に大切にして楽しい片想いをしていられる。

そんなずるい考えを抱いていたのも事実だ。

自分の恋心をほどほどのところで抑えていられないのなら、あとはルチアに嫌われて、絶対に受け入れてくれないよう仕向けるしか道はない。

「アデーレ夫人、お気遣《きづか》いいただきありがとうございます。ルチアを好きでいたいなら、ルチアには、女たらしのクズ男だと思わせて、ちゃんと嫌われておくべきだと理解しましたよ」

複雑な気持ちでそう伝えたクロードは、アデーレ夫人に頭を下げてから屋敷を後にした。

◇◇◇

「――さて」

クロードは、アデーレ夫人の屋敷を出たところで立ち止まった。

ルチアはあのままカルデローネ家へ帰っただろうか。

使い魔の蛇に見守らせてはいるから心配はないが、それでもできれば自分の手で守りたい。

そんな大義名分がなくとも、単純にクロードはルチアに会いたかった。

しかし――。

「……さっきの今だからな」

先ほどの話を聞いていたルチアは、間違いなくクロードの身勝手さに腹を立てている。

ルチアはきっとクロードの顔など見たくはないだろう。

これ以上ルチアに嫌な思いをさせたいわけじゃない。

「少し時間を空《あ》けるか」

一人で調べておきたいこともある。

今日はそれに時間を割くことに決め、クロードは下町へと足を向けた。

下町の入り組んだ路地の先、螺旋《らせん》階段を上ったところにその小さな店はある。

魔物の描かれた看板の下を潜り、クロードは店の扉を開けた。

空《から》のケージが積み上げられた店内を、放し飼いにされた小型魔物が自由気ままに歩き回っている。

小型魔物たちはどれも友好種だが、それでもこんなふうに飼育するのは特別なライセンスを持つ魔物使いにしか許されていない。

この店の店主は、王都にすら数人しかいないライセンス保有者なのだ。

「やあ」

クロードがカウンターの向こうに声をかけると、店主である赤い髪の青年は愛想のない態度で頷《うなず》き返した。

「まいど」

さらっと身に纏《まと》った白シャツから覗《のぞ》く二の腕は逞《たくま》しく、剣でも握らせれば相当な活躍を期待できそうだ。

しかし彼の職種は情報屋。

下町の目立たぬ一角で、国王の密偵《ひってい》さえ舌を巻くほどの貴重な情報を扱っているのだ。

「今日は何が知りたいんです？」

まともな挨拶《あいさつ》も前置きもなく、イザークがそっけなく尋《たず》ねてくる。

過剰にへりくだった態度を見せることもない。

クロードはこの情報屋のそういったところを気に入っていた。

カウンターに手をつき、さっそく依頼の内容を告げる。

「カルデローネ家の臨時雇いの御者。そいつの情報がほしい」

イザークの指先がぴくりと動く。

「カルデローネ家……」

「珍しいじゃないか。君が依頼内容に対して反応を示すなんて」

「今のは別に……！」

慌《あわ》てたようにイザークが取り繕う。

クロードは面白がりながら瞳を細めた。

「隠すことはない。ルチアと君が幼馴染《おさななじ》みだということはすでに知っている」

イザークとルチアは幼馴染みだが、ある時を境に絶縁状態となっていた。

ここ最近また少しずつ交流を持つようになったみたいだが、複雑な間柄であるのは変わらない。

前回の事件の折、突然ルチアが下町のこの店に出入りしはじめたので、クロードはすぐさま別の情報屋に二人の関係を調べさせた。

貴族の令嬢が下町に足を運ぶなんて、普通はありえないことだからだ。

そういうわけで、クロードはイザークとルチアの関係について、少しばかり情報を持っているのだった。

どれだけ調べさせても、仲違《なかたが》いした理由まではわからなかったのだが……。

「……ルチアに聞いたんですか？」

「聞けば教えてくれたかな？　どう思う？」

「さあ、興味ないんで」

「興味ないって態度じゃないな。何らかの理由で仲違いしていたが、今は交流を再開しているのだろう？　でもどうやら君は複雑な感情を抱いたままのようだ。初恋の女の子だから、商売相手だと割り切るのも難しいってところか」

「……っ」

図星だったらしく、赤くなったイザークが睨《にら》みつけてくる。

ルチアを好いているクロードにとって、イザークはいわゆる恋敵《こいがたき》にあたる相手なので、イザークの好意がどの程度のものか知りたかったのだが、これは相当拗《こじ》らせていそうだ。

正直あまり面白くはない。

しかしそんなことはお首にも出さなかった。

当然イザークはクロードの内心の思いになど気づかなかった。

自分のことで一杯一杯だったのだろう。

「余計なお喋《しゃべ》りを続けるつもりなら帰ってくれ」

イザークが吐き捨てるように言う。

クロードはまああというように両手を上げてみせた。

「これ以上、古傷を抉《えぐ》ったりはしないから。話を戻そう。カルデローネ家の御者のこと、すぐ調べてもらえるか？」

腕を組んだイザークは、むすっとしたまま何も言わない。

「ルチアが危険に晒《さら》されているかもしれないんだ」

「……。先に確認したい。あんたがルチアを危険な状況に巻き込んでいるんじゃないだろうな？」

「そうじゃないと思いたいけれど。御者がどうして俺たちに危害を加えようとしたか、現時点では何もわかっていないいんだ。もしかしたら俺を排除したい誰かの差し金で、ルチアが巻き込まれたのかもしれない。その場合は、俺が離れればルチアから危険は去る。でも、俺ではなくルチアを狙った計画だった可能性も十分考えられる。その場合は、俺が彼女の傍にいて守っていたほうがいい。判断を誤るわけにはいかない。だから君の手助けが必要なんだ」

イザークは値踏みするようにクロードを見つめた後、溜め息を吐いた。

「一時間待っていろ」

「引き受けてくれて助かるよ。じゃあこれ」

クロードが差し出したのは、失踪《しっそう》した御者がカルデローネ家の馬車を扱う際に使っていた鞭《むち》だ。

受け取った鞭に向かって右手を翳《かざ》したイザークが、呪文を唱えはじめる。

鞭はイザークの手を離れ、ふわりと宙に浮かんだ。

その鞭の上に、光を放つ魔法陣がぽーっと出現する。

風が湧き立つのと同時に、魔法陣の中から何十匹ものグリフォンが姿を現した。

イザークの所持する特殊スキル『魔物召喚』だ。

召喚されたグリフォンたちは、鞭の匂いを嗅《か》ぐと、持ち主を捜すために窓の外へと飛び出していった。

クロードの使い魔である蛇にも人捜しを命じることはできるが、たった一匹では情報を短時間で集められない。

「さすが。これなら王都中に目を光らせておけるな」

「ああ。だからあんたがたとえばルチアを傷つけたら、その情報は間違いなく俺のもとに届く。もしもそんなことがあったら、容赦しない」

「肝《きも》に銘《めい》じておくよ」

二人の間に、剣呑《けんのん》な空気が流れる。

イザークはルチアのことを大事に思っている。

容赦しないという言葉は、誇張でもなんでもないだろう。

だからこそクロードも引かなかった。

クロードにとってもルチアは特別な存在なのだ。

しかもその想いは日に日に強くなっていっている。

イザークのように純粋な気持ちではないとしても……。

◇◇◇

イザークの使い魔たちは今回も仕事が早く、その日のうちに御者に関するある程度の情報が得られた。

『御者』とは言ったが、そもそもあの男の本来の職種は『何でも屋』だったらしい。

カルデローネ家の御者の仕事は、何人もの仲介人を介して紹介状を得ていたようで、大本の依頼人の足はつかないようになっていた。

その感じだと何でも屋本人も依頼主が誰なのかは、恐らく把握していないだろう。

しかし、がっかりすることばかりではない。

使い魔たちは、何でも屋の住み処《すか》を突き止めてきたのだ。

イザークの店を出たクロードは、その足で王都の外れにある何でも屋の住居へ向かった。

男の住まいは王都でもとくに治安の悪い一角にあった。

ルチアを連れてこなくてよかったと思いながら、建物をぐるりと見回す。

小屋のような狭さから、男が一人暮らしであろうことが察せられる。

建物の壁は雨風に晒されひどく傷《いた》んでいるし、窓ガラスはひび割れていた。ろくな生活を送っていなさそうだなと思いながら、扉をノックする。

返事はない。

試しにノブを回してみると、鍵はかかっていなかった。

こういうときの違和感は外れたことがない。

警戒しつつ扉を開ける。

室内の様子を目にしたクロードは、すぐさま何が起きたのかを悟った。

倒れた椅子、床についた血痕《けっこん》、テーブルの上に放置された食べかけの料理。

「……遅かったか」

男は誰かの手で連れ去られたらしい。

血痕の量を見れば、無事ではないことが察せられた。

クロードはまず狭い小屋のすべての扉を開けて回り、人が潜《ひそ》んでいないかを確認した。

小屋の中はダイニングと寝室と、小さなトイレ、浴室ですべてだ。

ダイニングに戻ったあとは、改めて周囲を細かく観察した。

残された食事は冷めきり、スープの油は固まっている。

しかし肉が腐っている様子はまだ見られない。

男がルチアとクロードを残して神殿から去ったのは二日前。

カノッキア神殿から戻り、ここで食事をとっているところで、何者かの手で連れ去られた可能性が高い。

「もう一度、イザークの手を借りて、徹底的に行方を調べさせるか」

しかし状況から考えて、男が生きたまま発見される可能性はかなり低かった。

クロードの表情が曇る。

背後に潜んでいる人間は、容赦なく人を殺す。

思っていたよりも、危険な状況だ。

◇◇◇

アデーレ夫人の屋敷でクロードの本音を知ってしまったルチアは、むかっ腹を立てながらカルデローネ家へと引き返してきた。

性格的に怒りを引きずることがないほうだと思うのだが、今回はなぜか苛立《いらだ》ちが収まらない。

それで仕方なく、家へ戻ってきたのだった。

(本当ならやりたいことや、やるべきことが山ほどあったのに)

あの臨時雇いの御者についても調べなければならないと思っている。結局、御者はあのまま姿をくらましてしまい、カルデローネ家の馬車は、王都の外れに乗り捨てられていたのだった。

(でもこんなふうにイライラしながらじゃ、集中して行動できないわ。今日はもう家にいて、今まで起こったことを分析しましょう)

もしクロードが訪ねてきても追い返してやろう。

今は彼の顔など見たくない。

クロードに会い、いつもどおり軽薄な振る舞いで接してこられたら、そんな人を信じかけた自分の浅はかさを、嫌というほど思い知らされるだろうから……。

ルチアが帰宅すると、珍しく父カルデローネ侯爵が家にいた。

何やら予定が変更となり、今日は家で雑務をこなすことになったらしい。

父には母の予言について、もう一度聞いておきたいと思っていたのだ。

絶好の機会を得たルチアは、さっそく父を庭でのお茶に誘った。

忙しい父だが、溺愛《できあい》している娘からの貴重な申し出だったため、二つ返事で承知してくれた。

「――さっそくですが、お母様の予知能力は本当に決して外れないものだったのですか?」

「ああ。確実に当てられると知ったのは、結婚してしばらく経ってからだったが、結婚する以前にも数回、彼女の予言が的中する様を見せてもらったことがある。そもそも私たちの出会いも、ラヴィニアの予知能力が引き合わせてくれたようなものなのだ」

「えっ、そうだったのですか？」

二人の馴《な》れ初《そ》めを聞くのは初めてのことだ。

両親が恋をしていた頃の話を尋ねるのは、なんとなく恥ずかしい。

でもこの機会にしっかり教えてもらいたい。

「詳しく話してください」

ルチアが前のめりになると、父は途端に顔を赤らめた。

父にこんな顔をさせられるのは、これから先もきっと母だけだろう。

「……どうしても知りたいのか？」

「ええ。教えてくれるまで梃子《てこ》でも動きませんわ」

「……」

ルチアの意志の固さが伝わったのか。

父は頬を赤らめたまま、コホンと咳払《せきばら》いをした。

「私たちが出会ったのは、狩猟の季節のことだった。私は狩猟仲間の貴族たちと、カノッキア神殿近くの森で鷹狩りを行っていた。その最中に、仲間の一人ガリアーニ侯爵が落馬し、怪我《けが》を負ってしまったのだ。そこに現れたのが神殿で巫女《みこ》見習いをしていたラヴィニアだ。どういうわけか応急処置用の添え木を手にしていたラヴィニアは、骨折したガリアーニを看病してくれた後、カノッキア神殿に運び込むように言ってくれた。なぜ添え木などを持っていたのか尋ねた私にラヴィニアは言った。『予知で見たの』と。私はラヴィニアのミステリアスな魅力に一瞬でやられてしまった。ラヴィニアに惚《ほ》れてしまった私は、彼女に会うためカノッキア神殿に通うようになり、いつしか彼女も私の好意に応《こた》えてくれるようになったわけだ」

照れ隠しをするように、父はティーカップを口元に運んだ。

「……正直、最初にラヴィニアの予知能力について聞いたときは話半分だったが、疑いはすぐに消えた。その後もラヴィニアの予知能力によって助けられることがあったからな」

「お母様は何度も予知をしていたのですか？」

「結婚前はな」

「結婚後は？」

「結婚後、ラヴィニアは予知をしなくなってしまったんだ。ルチアを身籠《みごも》った後に、ルチアに関する予言をしたのが最初で最後だった」

生前の母のことを思い出したのか、父は紅茶のカップを見つめたまま黙り込んでしまった。

「……なぜお母様は、結婚後に予知をしなくなったのでしょう？」

ルチアは父が顔を上げたタイミングで、遠慮がちに質問を投げかけた。

庭の木々を眺めた父が、当時を振り返るような表情を浮かべる。

そうして遠くを見つめたまま、ぽつりと呟《つぶや》いた。

「私たちの結婚を、カノッキア神殿側は反対していた。それを退《しりぞ》けて結婚する際に、ラヴィニアが言っていたんだ。『予知能力などいらないから結婚したい』と。だから予知能力を封印してしまったのかもしれん。まあ、これはあくまで私の憶測だ。ラヴィニアが何を考えていたかは、彼女にしかわからない」

「神殿が結婚に反対した理由はなんだったのですか？」

「能力の高いラヴィニアを手放したくなかったようだ。ゆくゆくは巫女長として神殿を任せるつもりだったらしい。ラヴィニアの予知能力の精度が優れていることは、神殿側ももちろんわかっていた。予知した結果が完璧に当たることに関しては、神殿に対しても隠していたようだが……」

「なるほど……。ところで、人を愛すると予知能力が衰《おとろ》えるという話を、お母様から聞いたことはありますか？」

父が怪訝《けげん》そうな顔で首を横に振る。

「いや、聞いたことはないし、そんなことはありえんだろう。私と結婚した後、ルチアの未来について完璧な予知を行っているのだから」

「本当にその予言は、完璧に当たるのでしょうか？」

「ラヴィニアはそう言っていたぞ。……違うのか？」

父の顔にどんどん動揺の色が広がっていく。

「もしラヴィニアの予言が正確でなかったのなら、こんなに喜ばしいことはない。おまえの未来にのしかかる不安が晴れるということだからな。……だが慎重になったほうがよさそうだ。ラヴィニアが私たちに嘘をついたとは思えんからな」

「ええ。私も同意見です。でも、もしかしたらお母様は何か勘違いをしていらっしゃったのかも」

父が考え込んだ様子で黙り込む。

「数日前、カノッキア神殿に向かったと聞いていたが、そこで『人を愛すると、予知能力が衰える』と聞いてきたのだな？」

ルチアは無言のまま、父を見返した。

「それが正しいのなら、『ラヴィニアが私やおまえたちを愛していれば、完璧な予知は行えなかった』ことになるのだな？」

「ええ。でも、もしお母様が私たち家族を愛していなければ……」

「そんなことはありえないはずだ。ラヴィニアは愛情深い人だった。しかしならばなぜ、偽《いつわ》りの予言などを残したんだ？　しかもルチアに呪いをかけてまで、その予言からルチアを守ろうとしたのだぞ」

父が混乱するのも無理はない。

ルチアだって同じ気持ちだ。

「私を身籠った当時のお母様の心境を知ることができればいいのですが」

「それならばラヴィニアは亡くなるまでずっと日記をつけていた。ラヴィニアの意向で彼女の死後、日記はまとめて彼女の生家へ送ってしまったが、恐らくあちらで保管してくださっているはずだ」

「おじい様のお屋敷にお母様の日記が！」

日記は個人的なものだ。

それを保管している祖父が、日記を読む許可をくれるかはわからないが、訪ねてみる価値はある。

これで次の目的地が決まった。

王都から馬車を数時間走らせた場所、フィオレー領にある母の生家だ。

五章

翌日。

祖父のもとを訪ねるためルチアが支度をしていると、メイドから来客だと告げられた。今一番会いたくない相手であるクロードだろうと思い、むっつりしたまま顔を出すと、応接間にいたのはルチアよりさらにプリプリした令嬢だった。

「まあ、ジャンナさん！」

子爵令嬢でルチアの友人のジャンナは、頬を膨《ふく》らませたままルチアの傍《そば》までやってきた。

「まあ、じゃありませんよ、ルチア様！　これ、どういうことですか！」

「え？」

ジャンナが突きつけてきたのは、庶民の間で人気のゴシップ紙だ。

「あら、ジャンナさん。ゴシップ紙がお好きだったんですの？」

「こんな下品な新聞、普段だったら読みませんよ！　手にしたのはこのせいです！」

ジャンナがゴシップ紙をバッと翳《かざ》す。

一面に大きく載《の》っている記事を見て、さすがのルチアも目を丸くさせた。


『氷の令嬢　婚約者である第二王子に秘密の二股交際！』


そんな見出しとともに、移動遊園地を楽しむルチアとクロードの写真が掲載されている。

まったく気づかなかったが、あの日、隠し撮りをされていたらしい。


「ここ最近、社交の場でルチア様のお顔を見ないと思っていたら、まさこんなことになっているなんて……。ひどいじゃないですか……！　こんなゴシップ紙を通して、ゆ、友人の身に起こっていることを知る気持ちが、ルチア様におわかりですかっ⁉　だいたい私の前には全然お顔を出してくださらないのに、クロード様とは遊園地に行っていらっしゃったなんて」

あからさまに焼きもちを焼きながら、ジャンナが詰め寄ってくる。

「どうなっているのか教えてください！」

ジャンナは機嫌を損《そこ》ねたままだが、ルチアのほうは思わず微笑んでしまった。

もともとルチアのことを毛嫌いしていたジャンナだったが、今ではこちらを友人だと言ってくれ

るほど親しい間柄にある。

世間からは悪女として嫌われているルチアにとって、ジャンナは初めてできた女友達なのだ。

そんな相手だからこそ、ルチアに隠し事をされたと勘違いして怒っている姿を見ると、ジャンナには悪いがくすぐったいような気持ちにさせられた。

昨日、クロードの言葉を聞いて以来、落ち込んでいた気分が、ジャンナのおかげでだいぶ回復した。

ありがたく思いながら、ルチアはジャンナの誤解を解いた。

「ゴシップ紙に書かれていることは事実ではありませんわ。たしかにクロード様と遊園地に行きましたし、想い合っているふりをお願いはしていますが、それはディーノ殿下と婚約破棄するためなのです」

「えっ、あっ、そ、そうなのですか……？」

ディーノの贈り物攻撃で参っていることはもともと伝えてあったので、ジャンナは思ったよりもあっさりと落ち着いてくれた。

「でもクロード様との関係が単なる演技だということは秘密なので、ジャンナさんも黙っていてくださいね」

「……！」

にっこりと微笑みかけると、ジャンナの頬がぽぽぽと赤くなった。

「……私とルチア様の秘密。……それってとても親しい友達っぽいわ……」

実を言えば、気が強くて感情がすべて顔に出てしまうジャンナも、これまで一度も友人などできたことがない。

だからルチアだけでなくジャンナも、友達扱いをされるだけですぐうれしくなってしまうのだ。

「そういう事情があったのなら納得です。でもどうして偽物《にせもの》の恋愛対象にクロード様を選んだんです？　あんな女たらしな男性、ルチア様には相応《ふさわ》しくないですよ」

「ひどい言い草だな。ルチアに出会って心を入れ替えたんだから、過去のことは大目に見てくれ」

ルチアとジャンナがハッとして振り返ると、部屋の扉の前には、メイドが案内してきたクロードの姿があった。

ジャンナは一瞬気まずそうにしたが、それでめげるようなタイプではない。

「かつての悪行《あくぎょう》をなかったことにできるなんて思わないほうがいいですよ。過去はどこまでいってもついて回るので。クロード様のように不品行な方が、ルチア様に見合うお相手とは到底思えません」

「ますます辛辣《しんらつ》だ。たしか俺、君の命を助けたことがあったはずだけど」

「それとこれとは話が別です。ルチア様が傷つけられるくらいなら、嫌われ役ぐらいいくらでも買って出ますので」

またジャンナが興奮してきた。

友人としてルチアを守るのに必死なのだ。

正直、ルチアはまだクロードと話したくない気分だったが、このまま放っておいたら、勢い余ったジャンナが何を言いだすかわからない。

ジャンナとクロードは、あまり相性がいい者同士ではないのだ。

クロードは、すぐムキになるジャンナをおもちゃのように扱うし、ジャンナも負けてはいない。

(クロード様を追い払う？　でもそんなことをしたら間違いなく理由を尋《たず》ねられるわね)

ルチアは、クロードのせいで自分の心が傷ついたことを彼に知られたくなかった。

クロードのほうは、ルチアとの友情を今だけのものだと考えているのだ。

そんな人に本音で接したくなどない。

(クロード様が私の気持ちを弄《もてあそ》んでいるのなら、こちらも割り切って、利用させていただけばいいのよ)

最初の予定どおり、想い合っているふりに付き合わせて、婚約破棄ができ次第、さっさと縁を切る。

それだけの関係だと思おう。

もう振り回されないし、傷つけられることもない。

「ジャンナさん、申し訳ないですが、今日もこれから用事がありますの。ゴシップ紙のことで心配してくださってありがとうございました。落ち着いたら、またお宅まで遊びに行きますわね。クロード様、祖父の家に行きたいので同行お願いいたしますわ。距離的に泊まりになりますけれど、問題ありませんわね？」

やいのやいの言い合っていた二人に向かい、微笑みながら伝える。

クロードの事情など気にしてやらない。

そもそも雇われた護衛のように扱ったところで、彼は別にどうとも思わないはずだ。

冷静なつもりでも、微笑みに冷たい心の内が透けてしまったのか、ジャンナとクロードはぴたりと黙り込んだ。

◇◇◇

クロードが次に口を開いたのは、馬車に乗って出発する直前だった。

「この馬車の御者《ぎょしゃ》は、君が信用できる相手？」

クロードが何を問いたいかはすぐわかった。

「ええ、私たちを閉じ込めたらしき御者とは違い、十年以上働いてもらっている人です。素性《すじょう》もしっかりしていますし、信用できますわ」

「それならよかった」

「そういえばあの日姿を消した御者は、今も行方知れずのままです」

「だろうね」

「……？　あの御者について何かご存じなのですか？」

「いや、それより母上のご実家のフィオレー領とはどんなところなんだ？」

何げないふうを装《よそお》っているが、クロードは今、明らかに話を逸《そ》らした。

御者について、彼が何らかの情報を持っているのは確実だ。

でもクロードは、それをルチアに教えるつもりがないらしい。

(別に構わないけれど……！)

こちらはこちらで調べればいい。

ルチアは馬車に乗り込みながら、いつもよりクロードから距離を取った位置にさりげなく座った。

「……どうして離れたんだ？」

さりげなくはできていなかったようだ。

だからといって弁解する気もないが。

ルチアはつんとした態度で、返事をした。

「馬車の中は人目もありませんので、本来の私たちらしく他人行儀な距離感でいたいのです」

「出会った時より刺々《とげとげ》しくない？」

「あら、そうですか？」

まっすぐ前を向いたまま答える。

視線の端でクロードが困ったように眉を下げたが、同情を引く演技に騙《だま》されたりはしない。

ルチアが知らんふりを決め込んでいると、この状況を打破しようとでも思ったのか、クロードはわざとらしく明るい声で喋《しゃべ》りはじめた。

「ラファロ王国に滞在して一年以上経《た》つけど、王都の外には数えるほどしか行ったことがないんだ。フィオレー領を訪れるのも今回が初めてだし、楽しみだな。緑に囲まれたいいところだと聞いているよ。ルチアはどれぐらいぶりに訪ねるんだ？　春に行ったことはある？　今日も一日天気がいいらしいし、遠出日和《びより》だな。もっともたとえ雨でも、君と二人だったら――」

「こほん！」

このまま放っておいたら、フィオレー領に到着するまで、クロードの一人語りを聞かされそうだ。

ルチアが眉をしかめて咳払《せきばら》いをすると、クロードは満足にそうに瞳を細めた。

「会話してくれる気になった？」

「……」

「まだ俺一人で喋っていたほうがいい？　それじゃあ──」

「黙っていてくださって構わないのですが」

「そんなのもったいない。せっかく君と過ごしているんだ。ちゃんと心の交流を図りたいよ」

表面だけの関わり合いのくせに、心の交流も何もない。

「そうだ。君がフィオレー領に関する話題に答える気がないのなら、俺たちの恋の今後について話そうか？」

「……!?」

恋の話題なんて冗談じゃない。

クロードの白々《しらじら》しい口説き文句を今聞かされたら、絶対に怒りを露《あら》わにして責めてしまうだろう。

彼の軽薄な内面を知ったのは、まだ昨日のことなのだ。

この怒りが落ち着いて、冷たい軽蔑《けいべつ》にすっかり変わるまでは、相思相愛のふりに関わる話題は避けておきたい。

仕方がないので、ルチアは先ほどクロードが向けてきた当たり障《さわ》りのない質問に答えるほうを選んだ。

「フィオレー領を訪れるのは、二年ぶりですわ。子供の頃は夏のたびに、祖父のお屋敷に滞在していたのですが」

母が亡くなり、一家の足は徐々に遠のいてしまったのだった。

とくにルチアは、悪女に人格を乗っ取られていたため、自分の意思で祖父のもとを訪れることなど叶《かな》わなかったのだ。

「子供の頃のルチアか。きっと目を見張るような美少女だったんだろう？　当時出会っていたら、クロード少年は間違いなく一目惚《ひとめぼ》れしていただろうな」

幼き日のルチアを想像したのか、クロードがふふっと笑う。

その顔つきがあまりに優しくてルチアは戸惑《とまど》った。

彼はどうしてそんな表情を浮かべることができるのだろう。

ルチアのことは、一時的な暇つぶし相手くらいにしか思っていないくせに。

やっぱりクロードのくだらないお喋りをこれ以上聞かされるのは耐えられない。

「子供時代に出会えていたらよかったのに。過去の思い出を振り返ったとき、君が傍にいるなんて最高だよ」

「私、急に眠たくなってきましたわ」

ルチアが唐突にそう言い放つと、クロードは少しだけ目を大きくした後、先ほどと同じように優しい顔で頷《うなず》いた。

「うん、わかった。邪魔をしないから眠るといい。肩を貸そうか？」

「結構ですわ」

わざとクロードに背を向けて、馬車の壁に頭をもたせかける。

目を瞑《つぶ》る直前、視界の端にクロードが苦笑するのが映ったが、無視無視と心の中で唱えた——。

◇◇◇

母ラヴィニアの実家に到着したのは、辺りがすっかり暗くなってからだった。

扉を開けて対応したのは執事だが、すぐに当主である祖父が姿を現し、ルチアたちを出迎えてくれた。

「やあ、ルチア。会えるのを楽しみにしていたよ。ようこそ、ベルツ様。こんな僻地《へきち》へ足をお運びいただきありがとうございます」

杖をついた祖父は玄関までやってくると、二人に向かって穏やかな眼差《まなざ》しを向けてくれた。

髪は真っ白になっているが、体つきは老人とは思えないぐらいがっしりしている。

足を悪くするまでは、趣味のフェンシングでかなり腕を鳴らしていたからだろう。

「おなかが減っているだろう？　でもまずは部屋へ案内させよう。荷物だけ置いたらすぐに降りてきなさい。堅苦しい席ではないから、正装に着替えなくて構わんよ」

祖父の厚意に甘えて、簡単に荷物の整理だけ済ませて降りていくと、すでに晩餐《ばんさん》の準備が整えられていた。

話上手な祖父はルチアやクロードに満遍《まんべん》なく話題を振り、食事の席を盛り上げてくれた。

クロードに対して複雑な感情を抱いているルチアも、しばらくは胸のしこりを忘れ、久しぶりに過ごす祖父との時間を楽しむことができた。

そのうえ祖父のお抱《かか》えシェフが作る料理は、どれも本当に美味《おい》しかった。

おなかも満たされ、幸福な気持ちで食後の余韻《よいん》に浸《ひた》っていたときだった。

「それでルチア、いつ婚約を破棄するのかね？」

「ごふっ……!?」

食後の果実酒を呑みかけていたルチアは、勢いよく咽《む》せてしまった。

ディーノと婚約破棄したいと考えていることは、まだディーノ本人とクロードしか知らないはずだ。

クロードはもちろんのこと、ディーノと祖父だって、手紙を交わし合うような関係ではない。

祖父はいったいどこから情報を得たのだろう。

「おじい様、誰から婚約破棄に関する話をお聞きになったのですか？」

「聞かなくとも君たちを見れば一目瞭然《いちもくりょうぜん》だ」

優しい目をした祖父が、からかうような笑みを浮かべる。

ルチアは驚きを顔に出さないよう必死に取り繕《つくろ》った。

相思相愛のふりが成功したのは初めてのことだ。

でもなぜ誤解させられたのか。

（おじい様は決して騙《だま》されやすい人ではないのに……）

しかもクロードとの関係は以前より明らかに悪化している。

だから尚更《なおさら》わけがわからない。

「今日訪ねてきたのは、それが関係しているのかな」

「え？」

「ディーノ殿下から婚約破棄を反対されていて、私の力を借りたいと思ったのではないか？」

「あ、いえ。婚約破棄は自分でなんとかいたしますわ。今回はそれとは別の用で伺《うかが》いましたの。父から聞いたのですが、母が生前、自分の日記帳をこちらのお屋敷に送ったとか。もしまだその日記帳が残っているのなら、見せていただけないでしょうか？　母について知りたいのです」

「ラヴィニアの日記帳……」

呟《つぶや》くなり祖父は黙り込んでしまった。

食事の席が静かな悲しみに沈んだような気がした。

母の話題をセレスト巫女長《みこちょう》や父に振った際にも、同じような反応が返ってきた。

記憶が蘇《よみがえ》るのと同時に、褪《あ》せていた悲しみが唐突に襲いかかってくるのだろう。

母が死んでから何年も経つが、月日が過ぎたとしてもどうにもならない辛《つら》さがある。

祖父はグラスのワインをゆっくり飲んでから、ルチアに視線を戻した。

「ラヴィニアが亡くなったのは、ルチアがいくつの時だ？」

「十歳です」

「わずか十歳か。ルチアにはラヴィニアとの思い出がほんの数年分しかないのだな……。日記はすべてまとめて離れの小屋で保管している。時々虫干しをしているので、損傷もしていないはずだ。恐らく今でも読めるだろう。内容を改めて確認したことは一度もないが」

「それでは私も……」

「いや、構わんよ。父親に日記を読まれるのは嫌でも、自分の娘なら話は違うはずだ。しかし今日はもう遅い。明日、小屋に行って、日記の中に残っている母の想いと思う存分語らっておいき」

祖父はそう言うとルチアに向かって優しい微笑みを向けてくれた。

◇◇◇

翌日、ルチアとクロードはさっそくラヴィニアが使っていた離れへと向かった。

少女時代のラヴィニアが第二の自室として使用していた離れは、当時のままの状態で残されていた。

花柄の壁紙、レースのカーテン、幼い女の子が好きそうな人形が並んだ棚。

持ち主の少女がいなくなって長い年月が経つというのに、部屋の中の空気は新鮮で、チリが積もっているようなこともなかった。

管理の行き届いた状態からも、死んだ娘を偲《しの》ぶ祖父の想いが伝わってきた。

日記を入れた木箱は、明るい色のキルトがかけられたベッドの上に置かれていた。

木箱の中に入っていた日記帳は十三冊。

「速読魔法を使えば、すぐに内容を確認できるが、個人的な日記だ。魔法は使わずに君が読んだほうがいいだろう」

「そうですわね」

知りたい時期は限定されているし、目当ての部分さえ見つければ、そう時間はかからないはずだ。

ルチアは山になっている日記の中から、最初の一冊を手に取った。

日記の頭には日付が書き込まれているので、結婚後の母の日記を見つけ出すのは容易《たやす》かった。

しばらく読んでいくと、日記の付け方の癖《くせ》が見えてきた。

母は、その日起こった出来事を記録するためというよりも、その日の自分の感情を記すために日記をつけていたようだ。

ページをめくっていたルチアの指が、ある日付でぴたりと止まった。

ルチアを妊娠しているとわかった日の日記だ。

XXXX年五月二十一日

幸せ。本当に幸せ。家族が増えるなんて！

夫も大号泣して喜んでくれた。

バルトロも妹の誕生が待ちきれないみたい。

きっと優しい妹想いのお兄ちゃんになってくれるわ。

夫を愛して家族になった。私のその選択は間違ってはいなかった。

早く会いたい。私の赤ちゃん。


母は、父や私たち家族を愛してくれていた。

そう思った途端、涙が込み上げてきた。

日記を胸に抱いたまま、ルチアは慌《あわ》ててクロードに背を向けた。

こんなふうに取り乱すつもりはなかったのに。嗚咽《おえつ》が勝手に漏《も》れてしまう。

母を喪《うしな》った事実には慣れているつもりだったけれど、こんな不意打ちで愛を感じたら受け止めきれない。

(どうしよう。止まらない)

ひっくひっくと肩が揺れてしまう。

「ルチア」

背後から声をかけられ、ビクッとなる。

ルチアはクロードのほうを振り返らずに、乱暴に涙を拭《ぬぐ》った。

「申し訳ありません。子供みたいに泣いたりして」

「構わないから、こっちを向いて」

「……嫌です」

クロードにこれ以上弱みを晒《さら》したくはなくて、頑《かたく》なに首を横に振る。

「私は平気なので、あと少しだけ放っておいてください」

「心配もさせてくれないのか？」

「慰《なぐさ》めてほしくて泣いたわけじゃないんです。誤解しないでください」

「……嫌われていると、こういうとき力になれないんだな」

クロードが掠《かす》れた声で何かをぽつりと呟く。

ルチアは彼の気が逸《そ》れている間に、必死で涙を引っ込めた。

「……すみません。もう大丈夫です。ご迷惑をおかけしました」

目の下を赤くさせた状態で振り返り、無理に笑う。

クロードは痛ましいものを見るような目でルチアを見つめてきたが、ルチアは気づかないふりをして再び母の日記に意識を向けた。

しばらくは、母の幸福な気持ちを綴《つづ》った記録が続く。

しかし七月に入って数日。状況が一変する。

XXXX年七月六日

どうしてこんなことになってしまったのだろう。

XXXX年七月九日

打ち明けられない。
だってそうしたところで、もう何も変わらない。
あの人を殺す?
無理だわ。
親が殺人者になれば、結局この子に不幸が降りかかってしまう。

この子を守るためにどうすべきかを考えなくちゃ。

XXXX年七月十日

予知の力を使えば……。
夫に秘密を作ることになってしまうけれど、それでもこの子が守れるのなら構わない。

XXXX年七月二十一日

ガリアーニ侯爵と夫が、私の秘密を巡って仲違《なかたが》いをしてしまった。
罪悪感で押しつぶされそうだ。
でも夫に真実を話すことはできない。

生まれてくる子のために、嘘を貫《つらぬ》き通すと決めたのだ。

ガリアーニ侯爵はどこまで知っているのだろう。

夫には、私が夫に対して秘密を持っていると伝えただけのようだけれど……。

侯爵は二度と私たち家族と関わらないと言っていたが心配だ。

もう一度だけ会って確かめるべき？　でも……。


母の日記はそこで途切れて、あとはひたすら白紙のページが続いている。

七月六日前後で、母の身に何が起きたのか。

母は、予知に関する秘密を夫である父に対して持っていたらしい。

その秘密とはいったいなんなのか。

(何らかの理由で、完璧な予知をしたと母が嘘をついていたのだとしたら……。母が父についた嘘とは、それを指すのではないかしら？)

そんなふうに考えたが、あくまで推測に過ぎない。

ルチアはひとまず今読んだ日記についてクロードに話した。

「……なるほど。母上はおなかの中にいる君を守るために、予知に関する秘密を持つことになった。その秘密を作る原因が、七月六日に起こったことだろうが、その内容については情報が少なすぎて推測しようがないな。ガリアーニ侯爵と父上がどんな関係にあったか知っている？」

「父とガリアーニ侯爵は友人同士のはずです。母と出会った日、一緒に狩りをしていたと言っていましたし。でも、私は一度もお会いしたことがありませんわ」

ルチアが生まれる前に仲違いしたのなら、それも当然の話だろう。

「ガリアーニ侯爵に当時の話を聞けば、母上の隠していた秘密について、何か情報を得られるかもしれない」

「ええ、そうですわね――」

ルチアが返事をした直後、突然、窓の向こうで光が明滅した。

「あれは……？　……きゃっ!?」

あっと思った時には、クロードの腕の中に庇《かば》われていた。

目を開けていられないほどの眩《まぶ》しさとともに、小屋を揺さぶる衝撃が襲う。

森の中から魔法攻撃を受けたと理解するまで、少し時間がかかった。

「大丈夫か？」

クロードに尋ねられ、こくこくと頷き返す。

ルチアを抱きかかえながら、クロードが魔法シールドを張ってくれたおかげで小屋は無事だったが、そうでなければ木っ端微塵《こばみじん》に吹き飛ばされていただろう。

森の中から放たれたのは、そのぐらい強烈な攻撃魔法だった。

クロードはルチアの手を取って立ち上がらせると、窓の外へ厳しい視線を向けた。

「森を見てくる。救いようのない間抜けじゃない限り、もう立ち去っているだろうけど……」

「私も行きます。一人で小屋に残っているときに襲われたら、暴走魔法で戦うことになりますし」

「君の暴走魔法を喰らったら、相手は確実に即死するな」

「ええ。だから私が魔法を使うのは、他にどうしようもないときだけですわ」

攻撃をしてきた相手を捕まえて、どういう意図があるのかを確かめるのが最優先だ。

小屋の外に出た二人は、攻撃魔法が飛んできた方角へ向かって森の中を進んでいった。

「やはりもう見当たらないな……」

「……待って。今、小枝を踏む音がしたような。あ……！　クロード様……！」

ルチアが指さした先、木々の間を黒い影がザッと走り抜ける。

クロードとルチアは、すぐさま影を追って走りだした。

森を横切り、谷川に面した崖に出る。

川に沿って影が逃げていく。

まとわりつくドレスの裾《すそ》が邪魔だ。

迷うことなくたくし上げたとき、クロードがちらっとこちらを見たが、この際淑女《しゅくじょ》らしさなど二の次である。

黒い影との距離はどんどん詰まっていく。

相手の荒い息遣《いきづか》いが聞こえるくらい迫ったところで、逃げるのは無理だと悟ったのだろう。

黒い影は、振り返るのと同時に攻撃魔法を放ってきた。

クロードが即座に応戦する。

黒い影の魔法は、森の木々を根こそぎ薙《な》ぎ倒すほどの威力を持っていた。

それだけでもただ者ではない魔法の使い手なのだとわかる。

しかしクロードの魔法は、黒い影の能力を凌《しの》いでいた。

容赦なく攻撃を仕掛けてくる黒い影とは違い、クロードのほうは攻撃を打ち返しながらも、黒い影を倒してしまわぬよう適度に加減しているのだ。

それに魔法を放つ速度は、クロードのほうが圧倒的に速かった。

黒い影は次第に追い詰められていった。

次の一手でクロードが完全に黒い影の動きを封じ、制圧できるだろう。

ルチアがそう予想した直後。

突然、黒い影の輪郭《りんかく》がぐわんと歪《ゆが》んだ。

それまで黒い影でしかなかった存在が、人間の形をとりはじめる。

顔形がはっきりしたところで、ルチアは目を見開いた。

（そんな、嘘……）

信じられない思いのまま、言葉が零《こぼ》れ落ちる。

「お母様……？」

目を疑いながらも、思わず叫ぶ。

悲鳴にも似たルチアの声を聞き、黒い影を追い詰めようとしていたクロードの動きが止まる。

その一瞬の隙《すき》を、黒い影は逃さなかった。

影が放った攻撃魔法は、ルチアの立っている地面を直撃した。

全てが一瞬の出来事だった。

立っていられないほどの地割れがルチアの全身を駆け抜け、視界がガクガクと乱れる。

「ルチア……!!」

初めて聞くような切羽詰《せっぱつ》まった声で、クロードがルチアの名を叫ぶ。

強い力にぐっと腕を摑まれ、よろめきながら土の上に倒れ込む。

白煙とともに轟音が森の中に響き渡り、鳥が一斉に飛び立つ。

顔面から地面に激突したルチアは、数秒間起き上がることができなかった。

「ううっ……」

なんとか痛みに顔をしかめながら体を起こしたが、黒い影はすでに逃げ去った後だった。

黒い影だけではない。

クロードの姿も見当たらない。

ルチアは血の気《け》が引いていくのを感じた。

先ほどまでルチアが立っていた場所、黒い影が攻撃した崖は丸ごと消え失せている。

まだ土煙が立つその場所を、ルチアは慌てて覗《のぞ》き込んだ。

「……！」

喉《のど》の奥で悲鳴が上がる。

破壊され砕けた岩が、数メートル下の谷底まで落下している。

その岩の中央に、血を流して倒れているクロードの姿があった。

「そんな……」

体が震えだす。

ルチアは、崖が崩れる直前、自分の腕を強く引っ張ってくれた力を思い出した。

ルチアを救う代償に、クロード自身は谷底へ落ちてしまったということだろう。

「とにかく助けなくちゃ……！」

崖をなんとか滑り降り、クロードのもとへ向かう。

「クロード様……！」

「……っ」

微《かす》かに意識はあるが、クロードが呼びかけに応じる気配は見られない。

全身を打ちつけたようだが、とくに右足の怪我《けが》がひどい。

真っ赤な血に染まった皮膚は抉《えぐ》れていて、骨が見えている。

「なんてこと……」

ショックでよろめきそうになるが、唇を噛みしめて堪《こら》える。

（動揺している場合じゃないわ。しっかりしなくちゃ……）

とにかく一刻も早くクロードを回復させなければならない。

魔法が暴走したらどうしようという考えが、一瞬脳裏を過《よぎ》ったが、躊躇《ためら》っている暇《ひま》はない。

それにこれから使おうとしているのは、回復魔法だ。

たとえ魔法が暴走したとしても、害を与えることはないはずだ。

そう思ったことで心に余裕が生まれたのか、実際に回復魔法を発動してみると、ルチアの魔力は
意外にも安定していた。

その事実がルチアに自信を与えてくれた。

（このまま落ち着いて続けましょう……）

自分に言い聞かせながら、ひたすらクロードに回復魔法をかける。

クロードの傷が少しずつ消えていく。

でもまだ気は抜けない。

ルチアは息を詰めたまま、回復魔法をかけ続けた。

そうしてようやく傷がしっかり塞《ふさ》がった頃、意識を取り戻したクロードがゆっくりと目を開けた。

「……ルチア？」

「クロード様、よかった……！」

起き上がろうとしたクロードが、呻《うめ》き声を上げて顔をしかめる。

回復魔法は万能ではない。

傷が治った後も、しばらくの間、体に痛みが残ってしまうのだ。

「君が回復させてくれたのか……」

「……そんなことより私のせいでごめんなさい……。こんな目に遭《あ》わせてしまって……」

ルチアはクロードの体を支えながら、謝罪の言葉を伝えた。

そうしながら、自分がもう何度もこんなふうにクロードに謝ってきたことを改めて思い出した。

クロードはそのたび、笑って許してくれた。

今も彼は心配そうに見下ろしているルチアに向かって、痛みに耐えながら無理矢理笑いかけてくれた。

「回復魔法が暴走したらどんな感じになるんだろう……。一瞬で俺の治療を終えられた？」

そんなことを言ってからかってくる。

あの日、アデーレ夫人の屋敷で、クロードの本音を知って以来、ルチアはこのクロードの優しさを忘れてしまっていた。

クロードの向けてくれた友情は刹那《せつな》的なもので、ルチアがクロードに対して感じていたものとは違ったが、クロードが与えてくれた優しさは偽《いつわ》りなんかじゃなかった。

そのことに気づかず、勝手に傷ついて、勝手に怒っていた自分を情けなく思う。

そもそもクロードがルチアのことをどんなふうに扱おうが、ルチアがクロードに対して友情を感じたのなら、彼はルチアにとっては友達なのだ。

同じ想いを返してくれないからってふてくされるなんて、どれだけ子供だったのか。

「クロード様、ごめんなさい」

怪我をさせてしまったことだけでなく、昨日からの自分の態度も含めて、もう一度謝る。

クロードはまた何か軽口を叩こうとしたが、今度は痛みが上回ったらしく、苦しげに眉根を寄せた。

クロードが魔法を使えば、崖の上まで戻れるだろうが、痛みが治まらない限りは不可能だろう。

おそらく彼の痛みは、少なくともあと一、二時間は続くはずだ。

その間、ずっとこんな地面にクロードを寝かせておくわけにはいかない。

「私、人を呼んできます」

「いや、そんな大ごとにしなくていい。時間が経てば自分でなんとかできるから。ルチアは先に屋敷に戻っていてくれ」

「何を言っているんですか。私も一緒にいます」

「それはだめだ。さっきの襲撃者が戻ってくることだって考えられるんだから」

「だったら尚更《なおさら》です。今のクロード様は戦えないでしょう？　だから私、梃子《てこ》でも動きませんわよ」

クロードは言い返そうとして口を開いたが、数秒迷って、溜め息を吐《つ》いた。

ルチアの顔つきを見れば、どんなに説得しても折れないとわかったのだろう。

「ここに残るのなら、俺が動けるまで膝枕《ひざまくら》してくれ」

「……！」

すました顔でクロードがとんでもない要求を伝えてくる。

痛みのあまり声が弱々しくなっているが、クロードはどこまでいってもクロードだ。

ルチアは思わず顔を赤くしてしまったが、そのぐらいで自分を追い払えると思ったのなら大間違いだ。

弱っている友人を膝枕で介抱するぐらい、ルチアにだってできる。

相手が異性であっても、友だと思えばなんてことない。

ルチアは抱えるようにして支えていたクロードの頭を、自分の膝の上にそっと誘導した。

「冗談だったんだけど……」

クロードが珍しく戸惑ったような声で呟く。

ルチアは頬を染めたまま、しれっとした顔で返事をした。

「わかっています」

「……」

「……」

「……ありがとう」

掠れた声でクロードが言う。

ルチアも小さな声で応《こた》えた。

「お礼を言うのは私のほうですわ」

それからまた少しの間黙り込んだ後、クロードがぽつりと尋ねてきた。

「人型に変わった黒い影のことを『お母様』と言ったね？」

尋ねられた途端、ルチアの体は強《こわ》ばった。

そう、あの件についても考えなければならない。

あれは一体なんだったのか。

黒い影はたしかに母ラヴィニアの姿に変化した。

あのときは気が動転して、『お母様』と呼びかけてしまったが、もちろん現実の母なわけではない。

亡くなってから五年が経つにも拘《かか》わらず、母はルチアの知っている生前の姿をしていた。

「黒い影を纏《まと》っていた何者かは、私を動揺させるため母の姿に化けたのだと思います」

そしてまんまと逃げおおせてしまった。

「黒い影はなぜ襲ってきたんだろうな」

「……母が予言した私の運命と関係があるのでしょうか」

タイミングを考えると、無関係とは思えないが……。

この地を訪れたことで、母と予言を巡る謎はますます深まってしまった。

母は父にどんな秘密を隠していたのか。

「次はガリアーニ侯爵に会いに行くべきだろうな。侯爵なら、君の母上の秘密について知っている可能性がある。王都に戻ったら会えるよう手配するよ」

こんな怪我を負わされたのに、クロードはまだルチアに協力してくれるつもりでいるのだ。

もう二度と、彼の優しい一面を忘れたりはしない。

クロードがどんなに女たらしで、自分のことを一時《いっとき》だけの友人だと思っていようとも。

ルチアは心の中で、そう決意したのだった。

六章

祖父の屋敷を訪問してから数日後の夜。

悪女のイメージにぴったりな紅色《くれない》のドレスに身を包んだルチアは、窓の外を眺めながら逸《はや》る気持ちを抑えていた。

今日はこれからクロードとともに、オペラハウスへ向かうことになっている。

クロードの情報によると、母の日記に登場したガリアーニ侯爵が現れるらしいのだ。

なんとかガリアーニ侯爵と接触を図り、父と揉《も》めた原因や、母の秘密について、彼が知っている情報を教えてもらいたい。

ちょうどそのとき、月明かりに照らされながら、一台の馬車がカルデローネ家の車寄せに入ってきた。

どうやらクロードが到着したようだ。

正装をしたクロードがエントランスに現れるのにあわせて、ルチアも彼を出迎えるために移動した。

「こんばんは、クロード様。あれ以来、怪我《けが》のほうはいかがですか？」

黒い影の襲撃を受けたあの日。

クロードはルチアの予想どおり一時間ほどで痛みから解放された。

馬車で帰宅をする際にも、もう全然問題ないと言っていたが、それでも責任を感じているルチアは真っ先に体調を尋《たず》ねずにはいられなかった。

「あ、ああ。怪我はもちろんもうなんともないよ……」

クロードの答えはどこか上の空だ。

訊《き》かれたことより、目の前にいるルチアに気を取られているという様子である。

「クロード様？」

小首を傾《かし》げながら呼びかけると、我に返ったクロードは、数秒の間《ま》の後、ふふっと笑った。

「ごめん。普通に見惚《みと》れてた。君が美しすぎて、天使と遭遇してしまったのかと思った」

まったくクロードは相変わらずだ。

着飾った女性を見たら、過剰なくらい褒《ほ》めないと悪いとでも考えているのだろうか。

「本当に綺麗だよ、ルチア。特別な姿を俺に見せてくれてありがとう」

「褒めすぎです。私のドレス姿なんて以前にも見たことがあるでしょう？」

「何度見たって心を虜《とりこ》にされるってことだ」

このまま立ち話をしていたら、永遠にクロードのお家芸を聞き続けることになる。

「そういうのはいいので、出発しましょう」

伝えながら、自《みずか》らクロードのの肘《ひじ》に腕を絡《から》める。

触れることについて、これまで散々意識して悩んできたが、クロードのことを大切な友人だと思いはじめた途端、自然とできるようになったのだ。

これならきっと、ディーノの前で相思相愛のふりをする際にも、以前よりずっとうまくやれるだろう。

「……あれ、ルチア。また俺に触れてくれるようになったってこと?」

ルチアの内面でどんな変化があったのかを知らないクロードが、少し戸惑《とまど》いながら訊いてくる。

ルチアは返事の代わりににっこりと微笑み返した。

軽薄なクロードにとって、自分の友情はきっと重いだろうから。

友として大切に想っていることは、自分だけがわかっていればいい。

◇◇◇

オペラハウス周辺は、馬車で乗りつけた貴族たちでごった返している。

今日が封切りのオペラは、大人気の脚本家が手掛けたもので、初日のチケットを取るのは相当困難だと言われている。

公開日の数日前だというのに、その人気のチケットをクロードは容易《たやす》く用意してきた。

相変わらず彼のコネは計り知れない。

ルチアはそんなクロードにエスコートされながら、オペラハウスの中に入っていった。

ロビーを横切りながらさりげなく確認してみたが、ガリアーニ侯爵はまだ現れてはいない。

「ガリアーニ侯爵はいつも開演の直前に姿を見せるようだ」

クロードがルチアの耳元に囁《ささや》きかけてくる。

「なるほど。でしたらインターミッションの間の休憩時間の際にお声がけしてみますわ」

顔を寄せ合ってそんなやりとりを交わしていると、ルチアたちを遠巻きに眺めていた人々が、ヒソヒソと噂話をはじめた。

「ご覧になって、お二人のあの親密なご様子……！　やっぱりゴシップ紙に載《の》っていた記事は事実だったのね……！」

「第二王子の婚約者という立場でありながら、平然と他の殿方をお連れになるなんて信じられませんわ」

「本当に……。さすがカルデローネ家のご令嬢ねえ」

そんな内容が微《かす》かに聞こえてくる。

どうやらジャンナが見せに来た例のゴシップ紙の影響が、社交界にまで及んでいるようだ。

ディーノを助けたことで見直されかけたけれど、これでまたルチアの評判は底辺まで落ちただろう。

悪女ルチアとして嫌われ者でいたいルチアとしては、もちろん大歓迎の展開だが、ひとつだけ気になるのは、クロードを巻き込んでしまったことだ。

「私のせいで相当風評被害を受けていますが、大丈夫ですの？」

ルチアがクロードに問いかけると、クロードは心外だとでも言いたげな表情をした。

「まさか今更一度乗りかかった船から降りろだなんて言わないだろ。それに俺だって、もともと恋愛に関しては悪評の絶えない男だ」

ルチアの腰に手を回したクロードが、決して放すつもりはないという意志を伝えてくる。

（たしかにクロード様にとっては、これまで流してきた浮き名のひとつに過ぎないものね。だったら……）

ルチアは挑戦的な瞳でクロードを見上げた。

「チャンスなので、皆様に見せつけて差し上げますわ」

ルチアは腰に回されたクロードの手をそっと包み込むと、彼の腕の中にしなだれかかった。

やはり友人だと思って接すれば、触れ合っていても緊張しなかった。

（だんだんコツが摑めてきましたわ！）

クロードも空気を読んだらしく、ルチアのことを愛《いと》おしげに見つめてくる。

ルチアとクロードの間に流れる空気に当てられたのか、先ほどまで噂話をしていた人々は、口をぽかんと開けたまま顔を赤らめている。

（あの反応……、私たちがちゃんと恋人同士に見えているってことよね？）

自分の成長を感じられて、ルチアはうれしくなった。

ルチアとクロードは、人々の注目を集めたまま、ロビーを抜け、ホールへと向かった。

ルチアたちのチケットの指定席は、舞台の正面に位置するボックスシートだった。

厚いカーテンで仕切られたその席には、大きめのソファが置かれていて、二人で並んで座れるようになっている。

二階席のため眺めはなかなかよく、舞台だけでなく一階席の大部分を見渡せた。

しかしそれは相手側からも丸見えということだ。

そのため席に移動してからも、ルチアとクロードに向けられる好奇の視線は尽きなかった。

（せっかくの機会だし、どうせならもっとアピールしておきたいわね）

「クロード様、こういうとき、恋人同士はどうやって過ごすものなのですか？」

観劇の場は、秘密の恋人同士が逢《あ》い引きを楽しむために利用されることがある。

そのぐらいの知識はルチアだって持っていた。

だからクロードに提案してみたのだが、さっきまでと違い、彼はあまり乗り気ではなさそうだ。

「うーん、さすがに君にはまだ早いと思うよ」

その言葉を聞いて、ルチアはムッとなった。

(まだ早いって……まるで子供扱いじゃない)

この場でできることといったら、ぴったり寄り添って手を繋ぐぐらいだろう。

暗がりで触れられたぐらいでは、もう動転しない自信がある。

神殿の隠し通路を歩いたときとは違うのだ。

その事実を証明してみせてやりたくなった。

ルチアはぐっと身を乗り出し、クロードの太ももの上に手を置いた。

「早いかどうか試してみるのはいかが……？」

鼻先が触れ合いそうなほど顔を近づけ、吐息《とい　き》交じりの声で囁きかける。

驚いて目を見開いたクロードの反応に、ルチアは少し得意な気持ちになった。

その直後、クロードがルチアの腰に両手を回してきた。

「俺以外の男をそんなふうに挑発したら絶対だめだよ」

あっと思ったときには軽々と抱き上げられ……。

気づいたらクロードの膝《ひざ》の上に座らせられていた。

「……!?　く、クロード様……!?」

わけがわからず降りようとするが、しっかり腰を抱きすくめたクロードの手がそれを許さない。

「逢い引きを楽しむ人々のように過ごすことをご所望《しょもう》だったんだろう?」

「で、でもこんな体勢……」

「あれ。まさかこのぐらいで音《ね》を上げるのか?」

「……!」

悪い顔をしたクロードがにっこりと微笑みかけてくる。

もぞもぞと暴れていたルチアは、ピタッと動きを止めた。

たしかに行動を起こしたのはルチアのほうだし、ここで逃げ出すなんて情けなさすぎる。

(べ、別に膝の上に抱き上げられているくらい、なんでもないわ……。もっと小さい頃、お兄様はしょっちゅう私をこうやって抱っこしていましたもの)

兄が幼い妹を抱きかかえるのと、今の状況では天と地ほども差があるが、そう言い聞かせてなんとか落ち着くことができた。

ルチアがおとなしくなったのを見たクロードは、さっそく次の攻撃を仕掛けてきた。
腰を捕らえていた手が離れ、ルチアの右手を握ってくる。
このぐらいならなんてことはない。
「手を握られる程度で大騒ぎするとでも思ったのですか？」
すまし顔で尋ねてやる。
ところがクロードの第二攻撃は、手を握る程度では終わらなかった。
クロードはルチアを熱っぽく見つめたまま、手の力を少しだけ緩《ゆる》めた。
そのまま彼の指が、くすぐるようにルチアの手の甲を撫ではじめる。
ぞわっとした感覚が背筋の辺りを駆け抜けるのを感じて、ルチアは思わず息を呑んだ。
こんなの初めての経験だ。
いたずらな彼の指は、ルチアの手の甲をくすぐるだけでは飽き足らなかったらしい。
手袋の中にそっと侵入し、ルチアの素肌に直接触れてきた。
くすぐったくて、でもそれだけではなくて、居ても立ってもいられなくなる。
思わず嚙みしめた唇の間から、声にならない声が漏《も》れてしまう。
（な、何よこれ……）
恥ずかしくて消えてしまいたい。

「……っ」

ルチアのそんな反応を見たクロードは、吐息だけの笑いを零《こぼ》した。

それが妙に色っぽくて、ルチアの心臓はトクンと震えた。

「このまま進んでも構わない？　もっとちゃんと君に触れたい」

「もっとって……」

これ以上触れられたらおかしくなってしまう。

「それとももう降参？　まだ手を撫でただけだよ。さっきだってこうして君の手をとってエスコートしたじゃないか」

「だって……触れ方が違いますわ……」

「へえ。どんなふうに違う？　君はどんなふうに感じてくれたの？」

「……っ。クロード様、意地悪です……」

多分、今の自分は暗がりの中でもわかるほど、顔が赤くなっているだろう。

ルチアは羞恥心《しゅうちしん》のあまり涙目になってクロードを睨《にら》みつけた。

わけがわからなくなってきて混乱する。

クロードを友人だと思っているのに、彼の行動のすべてが演技だとわかっているのに、どうして自分はまた落ち着きを失ってしまうのか。

きっと彼はそんなルチアを、さらにからかってくるだろう。

ところが、なぜかクロードは目を見開き、一拍遅れて余裕のない笑みを見せた。

「だめじゃないか。そんな目で見つめたら。歯止めがきかなくなる」

掠《かす》れた声でそう呟《つぶや》いたクロードは、ルチアの手に指を絡めてから、自分の口元へ近づけた。

いつの間にか手袋を完全に脱がされてしまった白い手が、ルチアの視界に映る。

クロードはルチアを熱っぽく見つめたまま、ルチアの指先に唇を寄せた。

「ひゃっ……」

もう本当にどうしたらいいのかわからない。

情けないけれど、ギブアップを告げようとしたとき――。

不意にクロードが大きく息を吐きながら椅子の背に倒れ込んだ。

「……ごめん。限界だ。参ったな。これじゃあミイラ取りがミイラだ……」

片手で顔を覆《おお》ったクロードが、深い溜め息とともにそんな言葉を漏らす。

ルチアはその隙《すき》に、彼の膝の上からサッとどいた。

ソファに座り直し、少し乱れてしまったドレスを整える。

そんなことをしたって、バクバクと鳴っている心臓の鼓動は収まりそうになかった。

しかもクロードは、顔を隠したままだ。

何を考えているのか理解できなくて、なんだか怖い。

まさか第三の攻撃を繰り出すつもりでは……。

さすがにそれは勘弁してほしい。

とにかく探りを入れて、クロードがまだ攻撃を仕掛けるつもりなら、さっさと白旗をあげてしまおう。

最早《もはや》、周囲に自分たちの親密ぶりを見せつけたいなどと言っていられる状況ではない。

「あのークロード様……？」

恐る恐る呼びかけてみると、指の隙間からクロードが恨みがましく睨んできた。

「好きになるなって言うくせに、どうしてそんなふうに次々と可愛い一面を見せてくるんだ？」

きっとこれも演技の続きなのだ。

そんなことはわかっている。

それでもクロードの態度がさっきまでとは全然違い、まったく余裕がないように見えるから、ルチアはひどく動揺させられた。

劇場内の明かりが落とされ、オペラがはじまっても、心の中はざわついたまま……。

そのせいで舞台には全然集中できなかった。

◇◇◇

オペラにはインターミッションが何度か挟まれる。

第一幕と第二幕の間の休憩時間になると、観客たちはざわめきながらロビーに出ていった。

ルチアとクロードもそんな人の流れに乗って、ガリアーニ侯爵の姿を捜した。

「ルチア、ガリアーニ侯爵だ」

クロードが耳打ちをしてくる。

ガリアーニ侯爵の身長はルチアとほとんど変わらないぐらいだが、色白でかなりぽっちゃりとした体形をしているので、人混みの中にいてもすぐに見つけ出すことができた。

ガリアーニ侯爵の隣には、夫とは真逆の見た目の、ほっそりとして背の高い侯爵夫人の姿がある。

「ええ……話に聞いたとおりのお方ですわね」

あんなことがあった後でルチアのほうは気まずくて仕方ないのだが、クロードのほうはもういつもどおりの態度に戻っている。

クロードと違い、ルチアにはまだ時間が必要そうだった。

「行ってみる？」

「もちろんですわ。そのために来たのですから」

ちょうどそのタイミングで、侯爵夫人が知り合いを見つけて夫のもとを離れていった。

「二人で詰め寄る感じになってしまうと、相手の口が重くなるかもしれない。ガリアーニ侯爵とお父上がご友人同士だったというのなら、まず君一人で接触を図ったほうがいいだろう。俺はここから様子を見ているよ」

クロードからそう提案され、内心ホッとした。

これで少しの間、クロードと離れていられる。

クロードに頷《うなず》き返したルチアは、さっそくガリアーニ侯爵に接触を試みた。

「こんばんは、ガリアーニ侯爵。お初にお目にかかります。ルチア・デ・カルデローネです」

「……！　ルチア嬢。これはこれは……。君の噂はかねがね聞いていたが、こうしてお目にかかるのは初めてですな」

ろくな噂じゃなかっただろうから、そこは適当に受け流しておく。

「突然こちらからお声がけをした無礼を許してくださいますかしら？」

「それはもちろん……」

ガリアーニ侯爵は戸惑いながらも、社交辞令として微笑んでみせた。

即座に追い払われることはなかったので、ひとまず安心した。

インターミッションの時間は限られている。

回りくどい会話を続けていたら、知りたいことを聞き出せなくなる。

ルチアはさっそく、核心に迫る質問を投げかけることにした。

「実はガリアーニ侯爵にお聞きしたいことがあるのです」

「私に……？」

「はい。私が生まれる前、ガリアーニ侯爵は、母の秘密を巡って父と仲違《なかたが》いなさったとか。母の秘密とはいったいなんなのですか？」

「それは……」

口籠《くちご》もったガリアーニ侯爵が、迷うように視線を動かす。

十五年以上も前のことだが、侯爵の反応を見れば、当時の記憶がしっかり残っているのだと伝わってきた。

「君はいったいどこからそんな話を聞いてきたんだね」

「母の日記に書かれていたのです」

「……なぜ十何年も経《た》った今、そんな秘密を掘り起こそうとしているのだ？」

「母が抱《かか》えていた秘密が、私の出生に関することであるという点はわかっています。自分に関係する問題なので、どうしても知りたいのです」

ガリアーニ侯爵は考え込むように、顎髭《あごひげ》を撫でた。

「……あの当時、私はカルデローネ侯爵と一番の友人だった。だから、その夫人が我が友人を裏切り、秘密を持っていると知らされたとき、事実なら大変なことだと思い、深く考えずに君のお父上に伝えてしまったのだ。今では後悔している。嘘など言うはずのない立場の者から聞いたとはいえ、なんの証拠もない話だったのだ」

「秘密とは具体的になんなのですか？」

「……君は健康に生きている。秘密なんてものは存在しなかったのだろう」

「どういう意味です？　そもそも誰が侯爵にその話を伝えたのです？　嘘をつかない立場とはどういう意味です？」

「すまないが、このぐらいで勘弁してくれ。私はもうカルデローネ侯爵家に波風を立てたくはないのだ。ましてや夫人は亡くなられたのだから」

そこまで話を聞いたところで侯爵夫人が戻ってくるのが見えた。

残念ながら時間切れだ。

ガリアーニ侯爵はルチアに向かって軽く頭を下げると、夫人のもとへ去っていってしまった。

新たな謎が増えただけで、欲しい答えは得られずじまいだったが、追いかけていくわけにはいかない。

クロードのほうを確認すると、彼は話し好きで有名な初老の伯爵に捕まっている。

（この隙にガリアーニ侯爵から聞いた内容を少し整理したいわね……）

そう考えたルチアは、ロビーを離れ、レストルームへと向かった。

オペラハウスのレストルームはかなり広く、化粧直し専用の鏡台が並んだスペースまで用意されていた。

幸いレストルームはガラガラだった。

鏡の前に移動したルチアは、侯爵から聞いた話を整理しようとしたが、そのたびクロードとのあれこれを思い出してしまい、全然集中できなかった。

（これではだめね……）

溜め息を吐《つ》いたとき、ふと視線を感じた。

顔を上げると、隣に立った貴婦人が鏡越しにじっとルチアを見つめていた。

茶色の髪を夜会用にふんわりと束ねた彼女は、とても華やかな見た目をしている。

「こんばんは、ルチア様」

貴婦人はルチアが気づいたことを理解すると、にっこりと微笑みかけてきた。

弧を描いた真っ赤な唇に視線を奪われながら、わずかな違和感を覚えた。

（……私、この方に見覚えがあるような）

「……あのお会いしたことが――」

そう問いかけた直後、ルチアの視界が唐突にぐにゃりと歪《ゆが》んだ。

鏡の中の貴婦人の笑みがますます深くなる。

何か魔法をかけられたのだ。

そう気づいたときには、ルチアは完全に体の自由を奪われていた――。

◇◇◇

魔法によって操られたルチアは、抗《あらが》うこともできないまま貴婦人とともにオペラハウスの外へ出た。

貴婦人が表に用意していた馬車に乗せられると、今度は眠りの魔法をかけられてしまった。

どのくらいの間、眠らされていたのかはわからない。

次に起きたときには、見覚えのない石造りの小部屋の中、ベッドの上に寝かされていた。

「ここはどこ……」

呟きながら体を起こしてみるが、全然頭が回らない。

まだ魔法の影響が残っているのか、思考を巡らせようとしただけで、こめかみの辺りがズキズキと痛むのだ。

部屋の四隅には陶器の器《うつわ》が置かれていて、そこから絶え間なくピンク色の霧《きり》が湧き出している。

霧の甘い匂いを嗅《か》ぐと、いっそう頭がぼんやりとなった。

思考が鈍《にぶ》くなっている原因は、あの霧にありそうだ。

（とにかくここから出ないと……）

立ち上がろうと試みたが、ふらついてままならない。

座っているのがやっとという状態だし、無理をしたせいか視界がぐらぐらと揺れている。

仕方がないので、目を瞑《つぶ》って目眩《めまい》が収まるのを待った。

「はぁ……」

ぼーっとしているのが一番楽だが、考えなければいけない。

（あの貴婦人に連れ去られたってことよね……？）

最初に頭に浮かんだのは、例の脅迫状のことだ。

あの貴婦人が脅迫状の差出人なのだろうか。

理由がなんであれ、ここでぼんやりしているのはまずい。

もう一度立ち上がれないか試そうとしたとき、扉の外から足音が聞こえてきた。

このふらついた状態で魔法を使えるとは到底思えない。

（何か……身を守るものを……）

必死に視線を動かすが、部屋の中はがらんとしていてベッド以外なんの家具も見当たらない。

結局ルチアは丸腰のまま、敵と対峙《たいじ》しなければならなかった。

扉の向こうで鍵を開ける音が響く。

自分が室内に閉じ込められていたことを理解する。

部屋に窓はなく、唯一《ゆいいつ》の出入り口はあの扉だけなのだ。

息を詰めているルチアの前で、軋《きし》んだ音を立てながら扉が開く。

現れた相手を見た瞬間、ルチアは目を見開いた。

「……なぜあなたが……」

そこまで口にしてハッとなる。

オペラハウスのレストルームで、例の貴婦人を目にした際に覚えた既視感《きしかん》の正体がわかったからだ。

「……お化粧をするとかなり印象が変わるのですね、セレスト巫女長《みこちょう》」

そう、ルチアの前に現れたのは、母の旧友であり、カノッキア神殿の巫女長を務めるセレスト・ドルシその人だった。

「あなたが現れたということは、ここは神殿内のどこかにある部屋なのですか?」

「ええ。以前、ルチアさんを案内した第一神殿。その地下の一室ですわ」

セレスト巫女長が微笑を浮かべる。

すっかり化粧を落としているが、そうして笑うと貴婦人の面影《おもかげ》と重なった。

「なぜ私をここに連れてきたのです？　あなたの目的は？　王宮に届いた脅迫状もあなたの仕業《しわざ》なのですか？」

ルチアが矢継ぎ早に問いかけると、セレスト巫女長は意外そうな顔をした。

「妙ですね。思考を鈍らせる魔法をかけているので、頭が回らないはずなのに。それだけ強く疑問を抱いているということかしら？」

頭がぼんやりしかけるたびに拳を握り締め、自分の掌《てのひら》に爪を立てて正気を保っているのだが、セレスト巫女長は気づいていないらしい。

「でもその状態では、魔法を発動させて抵抗することなどできないでしょう？」

ルチアも早々に気づいていたが、残念ながらセレスト巫女長の言うとおりだ。

なにせ頭に呪文がまったく浮かんでこないのである。

かなりピンチな状況だが、動じていることに気づかれたくはない。

ルチアは冷静なふりを装《よそお》いながら告げた。

「あなたのしたことは誘拐です。いくら母の旧友だからといって許される行為ではありません。どんな意図があってこんな行動に出たのかは存じ上げませんが、大ごとになる前に私を解放するべきですわ」

セレスト巫女長はろくに話を聞いていない態度で、はあっと溜め息を吐いた。

「……これ以上魔法の効力を強くしてしまうと、精神に影響を来《きた》すからほどほどにしておいたのだけれど。仕方がなさそうね」

言い終わるのと同時に、セレスト巫女長が魔法を発動させる。

それに呼応するように、部屋に充満するピンク色の靄が濃くなった。

「……っ」

さっきまでとは比にならないぐらい、頭がぐわんぐわんとしはじめた。

座っていることもままならない。

ぐらりと傾いたルチアの体を、セレスト巫女長はそっと抱きとめた。

「放して……」

抗《あらが》おうとしたが、言葉を発するだけで精一杯だ。

「しーっ……。静かに。抵抗をやめて身を委《ゆだ》ねてしまえば、すぐに心も体も楽になります」

「このまま暗示の呪文もかけてしまいましょう。あなたの心が苦しまないように……」

セレスト巫女長は、ルチアを抱きしめたまま、その耳に呪文を注ぎ込んできた。

『いいですか、ルチアさん。今日からあなたはこの部屋で暮らすのです』

セレスト巫女長の発動した魔法は、洗脳を行う類《たぐ》いのものだったらしく、異常なくらい耳に心地よくて、彼女の言葉すべてに従いたくなってくる。

『ここで私とだけ関わる暮らしを送れば、あなたは幸せでいられます。この場所は、カノッキア神殿でも私一人しか知らない隠し部屋です。ここにいれば世間から隔絶されます。そうすれば男性に傷つけられることも一切ないのですよ。今のあなたは男性関係のごたごたに巻き込まれて、大変な思いをしているでしょう？　それにあなたは殿方から愛されたら死んでしまうのですよ。人と関わるべきではないわ』

「なぜ……それを知って……」

『ふふ。何もかもお見通しなのですよ。だからもうすべてを私に委ねてしまうのです。あなたにはラヴィニアのようになってほしくはないのです。……私はラヴィニアを止められなかったことをずっと悔やんでいました。私が強引にでも結婚を止めていたら、きっと今もラヴィニアは生きていたわ。だからラヴィニアの忘れ形見であるあなたには、できるだけのことをしてあげたいのです。ラヴィニアの代わりにあなたを幸せにする。それが私の望み』

セレスト巫女長は、両手でルチアの頬を包むと、その瞳を覗《のぞ》き込んできた。

セレスト巫女長の放つ洗脳の魔法が、さらに強くなる。

『ねえ、私のラヴィニア。私の助言に従えますね？』

「ち……違う……私はルチア……。お母様とは……違う……」

『いいえ。あなたはラヴィニア。私の大事な親友。死ぬまで私と一緒に、この神殿で暮らすのよ』

「……私は……」

ルチアの瞳から、徐々に光が消えていく。

「私は……。…………私は……ラヴィニア」

『ええ、そう。あなたはラヴィニア。私の親友。唯一無二の大切な友達。ずっと一緒だっていう約束を今度こそ守ってくれるわね？』

ここでこの人とずっと一緒に暮らす。

たしかにそんな約束をしていたような気がしてきた――。

◇◇◇

ルチアが第一神殿の石部屋に監禁されて数日。

セレスト巫女長は、ルチアのことをラヴィニアと呼び続けている。

当のルチアは石造りの小部屋に閉じ込められたまま、母の身代わりにされているのに、洗脳魔法のせいでまったく疑問を感じることはなかった。そうして自分がラヴィニアだと思い込まされたまま、日がな一日ぼんやりして過ごしているのだ。

言いなりになる人形にされてしまったせいで、ルチアらしさは完全に消え失せてしまった。

ルチアが行方不明になったことで、周囲の人間は必死に捜し回っているだろうが、セレスト巫女長は、ルチアを見つけ出されることを案じてはいなかった。

それだけ用意周到に連れ去ったという自信があった。

外部の人間がルチアを助け出すことなど不可能だろう。

洗脳を施《ほどこ》されたルチアが、脱出を考えることもあり得ない。

母の身代わりとして囚《とら》われの身となったルチアは、セレスト巫女長の保護のもと、一生をここで終えるのだ。

◇◇◇

完璧なはずだったセレスト巫女長の計画に、予想外の亀裂が入ったのは、ルチアが連れ去られて五日が経った日のことだった。

その日も狭い部屋に一人閉じ込められているルチアは、ベッドに座ってぼーっとしていた。

部屋の右側の壁の中から、小さな物音がしたのはそのときだった。

ガリガリ……。

最初はネズミだと思った。

音は何度も繰り返される。

ガリガリ……。

ずっと聞いているうち、どうもネズミが立てる音ではなさそうだと気づいた。

ガリガリ……。

爪で壁を引っ掻いている音に聞こえる。

そこでぼんやりしたルチアの頭の片隅に、小さな違和感が生じた。

洗脳されてから初めてのことだ。

ルチアはゆっくり立ち上がると、壁に手をつきながら音のする辺りまで移動し、耳を澄ませた。

ガリガリガリ！

「何の音かしら……」

呟いてみたが、ほとんど声にならなかった。

そういえばもう何日も、誰とも喋《しゃべ》っていない。

（あれ……私どうして……喋らなくなったのかしら……）

考えようとするが、頭の中に霞《かすみ》がかかって、それ以上思考が進まない。

またぼんやりしはじめたルチアは、奇妙な音に対する興味も失い、もとのベッドに戻ろうとした。

その直後、音のしていた壁の下からドロッとした鮮血が大量に流れてきた。

「……！」

魔法で思考能力を奪われているルチアでも、さすがに驚かされた。

とっさに後退《あとじさ》ったが、そんなルチアの足下にまで、血溜《ちだ》まりがどんどん広がってくる。

心臓の鼓動が速くなる。

ひどく動揺したことが功を奏したのか、セレスト巫女長の施した洗脳魔法の効果は、明らかに薄れはじめていた。

(誰かが壁の向こうで怪我をしているの……!?)

ルチアは壁に両手を押しつけると、どんどんと叩きながら大声で呼びかけた。

「誰かいるのですか!?　大丈夫ですか!?」

返事はない。

「誰か――」

もう一度、声をかけようとしてハッとなる。

さっきまで壁の下から流れ出ていた大量の血が、すべて消え失せている。

「……っ」

ルチアはぎょっとなったまま、床を見つめた。

「どうなっているの……？」

自分が見たのは幻覚だったのだろう。

戸惑いながら周囲を見回す。

（……待って。……そもそもここはどこ……？）

「……ここは私の部屋。私、ラヴィニアの……」

そう呟いてみるが、違和感がどんどん増していく。

「……私の名前って……本当にラヴィニアだったかしら……？」

疑問を抱いた途端、ずきんとこめかみが痛んだ。

「痛っ……」

呻《うめ》きながら、頭に手を当てる。

何かが思考を邪魔しているようで気持ちが悪い。

おそらくこれ以上考えずにいれば、この痛みを感じずに済むのだろう。

しかしルチアがそう思った直後、再び例のガリガリという音がしはじめた。

思考を停止するなというメッセージのような気がしてくる。

「……」

ルチアは一度、深呼吸をしてみた。

それから痛みに耐えつつ、少しずつ思考を巡らせていった。

さっき違和感を覚えたこと。

自分はラヴィニアだという事実を頭に思い浮かべてみる。

やっぱりしっくりこない。

「……私はラヴィニアじゃない気がするわ……。でも、だったら私は誰……？　私の名前は……」

もう少しで糸口が摑めそうなのに、なかなか手が届かない。

「どうしたら……」

そう呟いたときだ。

ガリガリガリ！！

壁を引っ搔く音が大きくなる。

それに交ざって、壁の内側から断末魔《だんまつま》の叫び声が響いた。

ルチアは目を見開いたまま固まってしまった。

壁をすり抜けて、体の透けた血塗《ちまみ》れの女性がずずっと這《は》い出してきたのだ。

この世のものではない存在だということは一目でわかった。

恐怖と驚きを抱きながらも、ルチアはその女性から目を逸《そ》らさなかった。

今やセレスト巫女長のかけた洗脳魔法など、完全に消し飛んでいる。

現実がもたらしたショックが、魔法の効果を凌駕《りようが》してしまったのだ。

血塗れの幽霊は、ルチアの足下まで這いつくばってくると、血で張りついた髪の隙間からルチアを見上げてきた。

その顔に見覚えがある。

間違いなくルチアは彼女にどこかで会っていた。

「あなた……あなたは……」

怒濤《どとう》の勢いで記憶が蘇《よみがえ》ってくる。

揺れる馬車。

額《ひたい》を打ちつけた痛み。

馬のいなき。

馬車の前に座り込んだ巫女見習いの女性。

あのときの彼女だ……！

「あなたは巫女見習いの……！」

ルチアが呼びかけると、女性の霊は一瞬悲しそうに顔を歪めた。

なぜかルチアにはこの霊が、自分に害をなすものだとは思えなかった。

そんなルチアの目の前で、女性の霊の姿がどんどん薄らいでいく。

「待って！　あなたはいったい……」

尋ねようとしたが、言葉を最後まで言い終わる前に霊は姿を消してしまった。

「……」

霊になって現れたということは、街の中で遭遇した後、彼女は亡くなってしまったということなのか。

しかしどうして今、ルチアの目の前に現れたのか。

その理由はわからないが、ルチアは彼女のおかげで自分がラヴィニアではなくルチアだということを思い出せたし、セレスト巫女長のかけた洗脳魔法からも解放された。

「もしかして私を助けてくれたの……？」

魔法が解けたことによって、ルチアの思考はフル回転しはじめた。

壁を引っ掻く爪の音、血だまりの幻、悲鳴、最後に現れた巫女見習いの幽霊。

「まさか……」

はっとなって壁を見る。

「……この向こうに彼女がいるのでは……？」

そんな直感が脳裏に過《よぎ》ったタイミングで、ルチアの視線が壁の上で止まった。

一箇所だけ微かに色の違う石がある。

以前、クロードとともに第一神殿から脱出した際、偶然発見した隠し扉。あの仕組みが隠されているのだとすぐにわかった。

すぐさま石を押すと、予想通り、仕掛けが解除される音が響いた。

壁を押して横にずらす。

入り口が開いた途端、中からひどい腐敗臭が漂ってきた。

ルチアは嘔吐《えず》くあまりに咽《む》せ返ってしまった。

それでもなんとか立ち直り、部屋に置いてあったランプで暗がりを照らした。

壁の裏に隠されていたのは、ルチアがいる場所よりさらに狭い小部屋だ。

彼女はそこにいた。

くずおれるような体勢で、壁の前に倒れている。

腐敗が進んでいるため、顔の判別はつかなかったが、見覚えのある巫女の服や、髪の色から判断して、十中八九先ほど現れた巫女見習いの女性だろう。

うつ伏せになった彼女の背中には、短刀が突き立てられたまま……。

長衣は、溢《あふ》れ出した血でどす黒く染まっている。

もう乾いてしまっているが、床にも血痕《けっこん》が残っていた。

「……」

ルチアは心を痛めながら跪《ひざまず》き、祈りを捧《ささ》げた。

状況からして、彼女はこの場で殺害されたのだろう。

セレスト巫女長は、この部屋の存在を知っているのは自分だけだと言っていた。

巫女見習いの女性が殺された原因は不明だが、手にかけた犯人はセレスト巫女長の可能性がかなり高い。

「ここから出て、この事実を知らしめなければ……」

こんなところに寂しく放置されていていいわけがない。

「必ず人を呼んでくるわ。だからもう少しだけここで待っていて」

ルチアは亡骸《なきがら》に向かってそう語りかけると、決意を胸に自分が閉じ込められていた部屋のほうへ戻った。

唯一の扉はセレスト巫女長の手で、外から施錠されている。

でも今のルチアならなんとでもできる。

巫女見習いの女性が、セレスト巫女長の魔法からルチアを解放してくれたおかげだ。

扉に向かって手を翳《かざ》したルチアは、迷うことなく攻撃魔法を放った。

セレスト巫女長に対する怒りと、殺されてしまったらしい巫女見習いに対するやるせない思いが混じり合って、魔法が暴走する。

壁ごと吹き飛ばされた扉を通り抜けたルチアは、最後に一度隠し部屋のほうを振り返ると、亡くなった女性の亡骸に向かい呼びかけた。

「必ず戻ってくるから……！」

そう約束をして、部屋を飛び出す。

◇◇◇

扉の外に出たルチアは、ランプで暗い廊下を照らしながらどんどん進んでいった。

数日間、ベッドの上で生活をしていたせいか、走るとすぐに足がもつれてしまう。

それでもできるだけ先を急いだ。

セレスト巫女長が言っていたとおり、ここは第一神殿の地下のどこからしく、陽《ひ》の光が一切届いてこない。

（今、何時なのかしら……）

セレスト巫女長が食事を持って訪れる時間まで、まだ猶予《ゆうよ》があるといいのだけれど。

鍵のかかった扉に出会うたび、暴走魔法で破壊し、突破した。

地下通路は迷路のように入り組んでいて、進んでも進んでも景色が全然変わらない。

しかし、何度目かの扉を通り抜けたときだった。

ルチアは不意に見覚えのある場所に出た。

第六蔵書室《ぞうしょしつ》の前の廊下だ。

このまま一階に向かい、第一神殿の出入り口へ向かうべきか。

それとも第六蔵書室に入り、クロードと見つけた隠し通路を使って森へ抜けるべきか。

セレスト巫女長は強力な魔法の使い手だ。

彼女とばったり遭遇し、魔法でやり合うことになったら、明らかに分《ぶ》が悪い。

ルチアの持つ潜在的な魔法能力はかなり高いらしいが、今のルチアにはその力を自在に使いこなす実力が伴っていないのだ。

数秒間迷ってから、ルチアは第六蔵書室に入った。

隠し通路に繋がる壁は、あの日破壊されたままになっている。

瓦礫《がれき》を跨《また》いで通路に降り立つ。

ヘトヘトだし、足がもつれることも多くなっているが、泣き言など零していられない。

通路には、ルチアの荒い息遣《いきづか》いが反響し続けている。

心臓がバクバクとやけにうるさい。

「もっと体力をつけないとだめね……」

冷や汗が浮かんだ額を拭《ぬぐ》いながら呟く。

本当のところ、この不調の原因は、単なる体力不足などではないと理解している。

強制的に魔法漬けにされていたせいで、その後遺症が表れはじめているのだろう。

ルチアはほとんど気力だけで前へと進んでいった。

森に繋がる出口が見えたときは、どんなにホッとしたかわからない。

以前はクロードが引っ張り上げてくれたが、今回は一人でなんとかする必要がある。

壁にある梯子《はしご》をよじ登り、天井に開いた穴に両手をかける。

一度目のチャレンジでは、あと少しというところで腕の力が抜けてしまい、通路に尻餅《しりもち》をついてしまった。

「うっ……痛《い》ったぁ」

ひどく腰を打ちつけ、痛みのあまり声が漏れる。

でもルチアは諦《あきら》めなかった。

刺殺され、暗い部屋の中に捨て置かれた巫女見習いの女性。

あの場所から連れ出すと、彼女に約束をしたのだ。

意を決してもう一度、出口までよじ登る。

「くうぅっ」

歯を食いしばり、足をばたつかせながら、必死に粘る

唇まで噛んでしまったらしく、口内に血の味が広がる。

「くうううっっっ」

唸《うな》りながら、なんとか自分の体を上に持ち上げ――。

「はあっ……！」

止めていた息を吐き出すのと同時に、ルチアは土の上にごろんと転がった。

どうにか穴から這い出すことができたのだ。

「はあはあ……」

さすがに体力が限界だ。

しばらくは荒い呼吸を繰り返しながら、空を見上げていることしかできなかった。

森は暗く、空には月が浮かんでいる。

今頃、夕食を運んできたセレスト巫女長が、ルチアの脱走に気づいているはずだ。

ルチアはふらつきながら立ち上がった。

カノッキア神殿の人間に助けを求めるべきか。

それとも森を抜け、人里まで向かうべきか。

カノッキア神殿の建物はすべて、十六時には閉鎖されると以前に聞いた。

十六時以降の今、誰かが神殿の外にいるとしたら、それはルチアを捜すセレスト巫女長だけだ。

カノッキア神殿の敷地内に戻った場合、最初に遭遇する人物はセレスト巫女長である可能性がかなり高い。

ルチアは踵《きびす》を返して、人里を目指しはじめた。

本当は全力で走りたいところだが、歩くだけでも精一杯だった。

木の根っこに躓《つまず》き、何度も転倒した。

それでもルチアは、必ず起き上がった。

頬や腕には、数えきれないほどの擦《す》り傷ができている。

多分今の自分はひどい有様だろう。

でもそんなことに構っている暇《ひま》などもちろんなかった。

捕まって連れ戻されたら、二度と脱出する機会は巡ってこないだろう。

それどころか命を奪われる危険も高い。

「進まなきゃ……」

譫言《うわごと》のように呟き、鉛《なまり》のように重くなった足を前に出す。

しかし——。

ルチアの視界の先、暗い森の中で突如《とつじょ》空間が歪みはじめた。

ああ、最悪だ。

見つかってしまった。

魔法で歪んだ景色の中から、セレスト巫女長が現れる。

「残念ですね……。逃げ出すなんて。あんなによくしてあげたのに。また私の気持ちを踏みにじるのね……ラヴィニア」

顔をしかめたセレスト巫女長が、憎しみの感情をぶつけてくる。

「私はルチアです。ラヴィニアではありませんわ」

「洗脳の魔法が解けている……？　いったいどうして……」

「壁の内側にあった隠し部屋。そこにとり残されていた女性が、私の目を覚まさせてくれたのです」

「死んだ者があなたを助けた？　何を言っているのです……？」

セレスト巫女長が困惑《こんわく》を示したのは、死者がルチアを助けたという点だけで、あの隠し部屋に死体があったことについてはまったく驚いていなかった。

そんなセレスト巫女長の反応を見て、確信を持つ。

「やはりあの女性を手にかけたのも、セレスト巫女長なのですね？」

セレスト巫女長は、認める代わりに忌々《いまいま》しげな表情を浮かべた。

「あの巫女見習いもラヴィニアと同じ裏切り者なのです。私を慕《した》ってきたから、計画の駒として使ってあげたのに。ラヴィニアに対する脅迫状を王都に届けさせてから、すっかり怖《お》じ気《け》づいてしまって。あなたにすべてを打ち明けるなんて言いだしたので、処分したのです。カノッキア神殿の者たちは、彼女が野犬に殺されたと思い込んでいますが」

ルチアとクロードがカノッキア神殿を訪れた際に聞いた野犬騒動。

あれはセレスト巫女長が殺人を隠蔽《いんぺい》するために起こした偽《にせ》の事件だったのだ。

「なんのために脅迫状など送りつけてきたのですか？」

「脅迫状には、あなたに死の呪いをかけたと書いてあったでしょう？　王都周辺で呪いの解除に長《た》けた神殿といえば、このカノッキア神殿です。脅迫状に怯《おび》えたあなたは、きっとカノッキア神殿を頼ってくる。そう期待していたのです。あなたの婚約者である第二王子が思いのほか無能だったため、あなたに呪いを解除するよう勧《すす》めなかったようですが。あなたは別の理由から、カノッキア神殿を訪れてくれた。やはり私たちの再会は運命づけられていたのですね、ラヴィニア」

セレスト巫女長がうれしそうに微笑む。

どうやら彼女は、本気でルチアとラヴィニアの区別がつかなくなりかけているようだ。

魔法での攻防になれば、正常時のセレスト巫女長には敵《かな》わない。

なんとかもっと混乱させて、彼女の集中力をできるだけ削《そ》いでおきたいところだ。

ルチアはセレスト巫女長の様子を窺《うかが》いながら、質問をさらにぶつけた。

「どうして私をカノッキア神殿に呼び出す必要があったのです？」

「ラヴィニアは死ぬ前、私からはあなたに接近できぬよう守りの魔法をかけていったのです。あなたのほうから私の前に現れたことで、魔法は解除されてしまいましたが。あの邪魔な男さえいなければ、そのままあなたを閉じ込めてしまえたのに。……あの男をフィオレー領で始末できなくて残念です」

祖父の領地フィオレー領で襲ってきた黒い影。

最後に母の姿に変化し、隙を突いて逃げ出した襲撃者の正体もセレスト巫女長だったのだ。

「ラヴィニアの実家を訪れたり、ガリアーニ侯爵に接触を図ったり、少しずつ答えに近づいてはいたようですが、まだあなたの母が家族に隠していた秘密を暴くことはできていないのでしょう？ラヴィニアの遺《のこ》した完璧な予言など、存在しないことはもうわかっていますね。ラヴィニアがそんな嘘をついたのは、すべて私を庇《かば》うためなのですよ」

「……どういう意味です？」

セレスト巫女長は、ルチアに答えを教えるのが楽しくて仕方がないという素振りを見せた。

「私は、私を捨てた裏切り者への罰として、ラヴィニアのお腹《なか》の中にいる子に、呪いをかけたのです。ラヴィニアは十五の歳に、カルデローネ侯爵と出会い私を捨てました。だからお腹の子が、十六歳を迎える前に、私以外の誰かの特別な存在になったら、必ず死を迎えるよう呪ってあげたのですよ。ラヴィニアと違って十六になっても清らかな心のままでしたら、合格です。あとは私が特別に愛し続け、守って差し上げようと……」

セレスト巫女長のめちゃくちゃな論理についていけない。

以前、令嬢を巡る『顔のない天使』事件の際にも、身勝手でむちゃくちゃな感情を向けられた経験があるが、その比ではない。

セレスト巫女長の歪みきった心は、完全に壊れている。

でもそうなったのは、彼女がとんでもなく独りよがりな思考法の持ち主だからだろう。

ルチアは身勝手な彼女に向かって嫌悪感を剝《む》き出しにした視線を投げつけた。

しかしセレスト巫女長は、気にすることもなく続けた。

「とはいえラヴィニアだって、本心では私を大事にしていたのです。最後には私を守ろうとしたのですから。私が呪いをかけたことをカルデローネ侯爵が知れば、彼は報復のために必ず私を殺そうとしたはず。私を殺させたくなかったラヴィニアは、そこで予知の話をでっちあげたのです。本当は長男を妊娠したときだって、同じ目に遭《あ》わせてやりたかったのですが、当時はまだお腹の子だけに効果を及ぼす呪いを習得できていなかったのです。でも、私のものになるのがラヴィニアそっくりの女の子でよかったと今は思っています。ねえ、ルチアさん……いいえ、私のラヴィニア」

そう呼びかけた直後、セレスト巫女長は唐突に攻撃魔法を発動させた。

「十六歳になるまで待っていたら、またあなたは男のものになっていたでしょう？　だから、そうなる前にわざわざ攫《さら》ってきてあげたのに。あなたを許し、私の庇護《ひご》のもとへと導いてあげたというのに……！　あなたはまたしても私を突き放した!!」

叫びながら、セレスト巫女長が魔法攻撃を次々放ってくる。

ルチアの思惑《おもわく》通り、心が乱れたことによって、セレスト巫女長の魔法の質はかなり下がっている。

それでもルチアの暴走魔法では、攻撃を撥《は》ね除《の》けるのでやっとだ。

魔法のコントロール力がまったくないことに加え、魔法を放つ速度が遅いのが原因だった。

どちらも経験を積まなければ身につけられないものなのだ。

「もうあなたを許すことはしません。私を一人にするラヴィニアなんていらないのです。せめて最後にこの手で、私たちの友情を終わらせてあげましょう……！」

髪の毛を振り乱しながら、セレスト巫女長が容赦のない攻撃を繰り返す。

ルチアは必死に防戦し続けたが、もともと体がかなり弱っていたせいで、次第に腕が上がらなくなってきた。

そしてついに避けきれなかった攻撃が腕を掠《かす》めた。

人形のように宙に弾《はじ》き飛ばされたルチアは、そのまま受け身もとれぬまま地面に激突した。

「うっ……」

痛みのあまり息が詰まる。

起き上がらなければ終わりだ。

わかっていても指先一つ動かせない。

ルチアが抗えなくなったことに気づいたセレスト巫女長は、一旦攻撃をやめると、倒れているルチアの傍まで歩み寄ってきた。

「私の愛した人。同じ想いを返してくれなくて、本当に残念でした。でも私の悲しみもこれで終わる……」

歪んだ視界の先で、セレスト巫女長が笑っている。

彼女の掌の中に、赤黒い魔法の光が出現する。

この至近距離であの強力な魔法を喰らえば、ひとたまりもないだろう。

恐怖と痛みに呑み込まれながら、ルチアは無意識に彼の名を呼んでいた。

「クロード様……助けて……」

命が終わると思った瞬間。

なぜ父でもなく、兄でもなく、クロードの存在を思い出したのかはわからない。

ただ心が勝手に、彼の存在を求めてしまったのだ。

クロードがこの場所に現れる可能性なんて皆無なのに……。

「それではさようなら、ラヴィニア。生まれ変わったら私を見つけてくださいね。今度こそ永遠の友情を築きましょう」

無表情になったセレスト巫女長が、魔法を発動させた腕を振りかぶる。

セレスト巫女長の攻撃魔法が放たれた直後——。

轟音と強烈な旋風が巻き起こり、ルチアは再び上空へと吹き飛ばされた。

しかしなぜか痛みが襲ってこない。

それどころか、地面に打ちつけられることさえなかった。

（……な、に……？）

困惑しながら重い瞼《まぶた》をなんとか開けると——。

「ごめん、遅くなって」

「……うそ……」

ルチアは横抱きにされたまま、クロードとともに宙に浮かんでいた。

呆然としながら、なんとか状況を理解しようとする。

恐らく魔法の風圧で吹き飛ばされたルチアを、クロードが受け止めてくれたのだろう。

「……でも……どうしてクロード様がここに……。それにセレスト巫女長の……攻撃魔法は……？」

「俺が君を見つけた方法は、後で説明するよ。セレスト巫女長の攻撃は、俺が彼女ごと弾いてしまった」

穏やかな口調でルチアに説明しながら、クロードが地面に降り立つ。

立ち上がれないルチアのことを、クロードは放そうとしなかった。

クロードの腕の中、視線を動かすと、ぼろぼろになって地面に倒れているセレスト巫女長の姿が見えた。

クロードはセレスト巫女長に向かって掌を翳すと、魔法を発動させ、彼女の中に残っている魔力を根こそぎ吸い取ってしまった。

「これでもうセレスト巫女長には何もできない」

クロードがそう伝えてくれる。

(そっか……もう大丈夫なんだ……)

クロードの温《ぬく》もりに包まれながらそう思ったら、途端に力が抜けてしまった。

「ありがとう……。クロード様……」

気力を振り絞って囁きかけると、切なげに顔を歪めたクロードが、ルチアをぎゅっと抱きしめてきた。

腕を動かす力も残っていないルチアは、それでもなんとか微笑みを返すと、安心できるクロードの腕の中で、意識を手放したのだった――。

エピローグ

ルチアがクロードに助け出された翌日、王都は春の嵐に見舞われていた。

「……それにしても本当にルチアが戻ってきてよかった。ルチアが拐《かどわ》かされたと発覚してから、私がどれほど心配していたかわかるか……ううっグスッグスッ」

「父上、やはりルチアは家に閉じ込めておいて、一切の危険から遠ざけるべきだったのです……グスグス……」

自室のベッドの上でクッションにもたれかかり療養しているルチア、その隣にはルチアが目を覚ました直後から、嗚咽《おえつ》を漏《も》らし続けている父と兄バルトロの姿がある。

二人にひどい心配をかけてしまったのはもちろん承知している。

（すごく申し訳なくも思っているけれど……）

「さすがに鬱陶《うっとう》しいですわ、お父様、お兄様」

「……！」

「……！」

うんざりした視線を向けると、父とバルトロはピッと姿勢を正した。

「……そうは言ってもルチア、私たちがどれほどの不安に苛《さいな》まれていたか」

「ええ。ご心配をおかけしたことは反省しています。ですが、お二人とももう三時間もその調子だなんて、いくらなんでも泣きすぎです」

その間、ずっと宥《なだ》めさせられているこちらの身にもなってほしいものだ。

バルトロのほうはその言葉で我に返ったらしく、まだ居座ろうとしている父の手を引いて立ち上がった。

「……たしかに。お父様、療養中のルチアを我々が疲れさせては元も子もありません。一旦、退席しましょう」

「くっ……。ではルチア、十分後にまた戻ってくるから――」

「お・と・う・さ・ま」

「ううっ……わかった。わかったから、そんなに睨《にら》まないでくれ。じゃあ十五分後に……」

どうやって父を遠ざけておけばいいか悩んでいたら、絶好のタイミングで、メイドがクロードの訪問を告げてきた。

父とバルトロが複雑そうな表情で顔を見合わせる。

二人揃《そろ》って、社交界で浮名を流し続けてきたルチアの友人を警戒しているのだが、それでもクロードはルチアを助け出した命の恩人だ。

感情に任せて邪険にすることはできないし、そんなことをしたらルチアが許さない。

父とバルトロは渋々部屋を出ていった。

ちなみに階段でクロードとすれ違う際、バルトロがクロードに対して深々と頭を下げたことをルチアだけは知らない。

「やあ、気分はどう？」

微笑みながら部屋に入ってきたクロードが、静かな口調で尋《たず》ねてくる。

先ほどまでの家族の取り乱しぶりとは、天と地の差だ。

ルチアはクロードに椅子を勧《すす》めながら、困り顔を向けた。

「どこも痛くはありませんのに、数日は休んでいないといけないそうです」

「体が弱っているのだから当然だよ」

「体力も魔法で回復できればいいのですけれど」

そう望んだところで、魔法は万能なわけではない。

「実を言うと、ディーノ殿下もお見舞いに来たがっていて――」

「えっ。困ります！」

「そう言うと思った。大丈夫。立場を考えるべきだと伝えたら、渋々引き下がってくれた。ただ大量の花を贈ることまでは止められなかったんだけど」

「……またリビングが殿下の贈り物で溢《あふ》れているのですか？」

クロードが返事の代わりに肩を竦《すく》める。

ルチアはやれやれと思いながら溜め息を吐《つ》いた。

体調が戻り次第、もう一度ディーノに会いに行って、今度こそ婚約破棄を成し遂《と》げなければならない。

今回の一件が起こる前と変わらぬ量の贈り物を届けてくるディーノが、果たしてちゃんと聞き入れてくれるか。

少し嫌な予感がするが、この状態のルチアにできることは何もない。

(殿下のことは一旦忘れましょう……)

それよりも知りたいことは山ほどある。

昨日、クロードに助けられた後のこと——。

ルチアの意識はすぐに戻ったのだが、体力の低下のほうがひどい有様で、クロードに抱き上げられ、馬車まで運んでもらわなければならないほどだった。

クロードはルチアを実家に送り届けると、事件の後処理をするため、再びカロッキア神殿へと引き返していった。

セレスト巫女長《みこちょう》や、神殿の地下に取り残された巫女見習いの遺体のことなども、すべてクロードがルチアの代わりに対処してくれたのだ。

「ディーノ殿下が王立騎士団をカロッキア神殿に派遣してくださった結果、事件の大枠はほとんどわかったんだ」

ルチアは興味を抱きながら、クロードの説明を待った。

昨日、ルチアがカロッキア神殿を出るときに把握していた情報はそんなに多くはない。

犠牲者である巫女見習いの存在と、セレスト巫女長が口にしていたこと、そしてセレスト巫女長がどうなったのか……。

クロードに魔力のすべてを奪われたセレスト巫女長は、その直後、ルチアとクロードが気づかぬ間に舌を噛み切り自《みずか》ら命を絶っていたのだった。

セレスト巫女長は、ルチアにかけた呪いを残したまま亡くなってしまった。

発動させた人間が不在の状態で、呪いを解除するのはかなり困難だと言われている。

とくにセレスト巫女長の使用した呪いは、現在は使われていない古代魔法を用いたものだった。

解除できる人間を捜し出すのは、かなり骨が折れる作業となるだろう。

セレスト巫女長がそうまでして自分を苦しめたかったのかと思うと、ルチアは複雑な気持ちになった。

悪女ルチアのイメージによって、人から恨まれることには慣れているつもりでいたが、本物の憎悪に接したことで、自分は何もわかっていなかったのだと思い知らされた。

セレスト巫女長の残していった呪いを解除するまで、この重みはずっとルチアにつきまとうことになるだろう。

「ルチア、大丈夫か？」

ぼんやりとしていたルチアは、クロードに声をかけられハッと我に返った。

呪いのことばかり考えているのはよくない。

ルチアは無理矢理気分を切り替えると、もっとも気にかかっていたことについてクロードに尋ねた。

「巫女見習いの女性の遺体は無事、運び出されましたか？」

「安心してくれ。彼女の遺体はあの後すぐ運び出された。死因などを調べるため、一時的に王立病院に搬送《はんそう》されたが、すべてが終わったらカノッキア神殿の墓地に埋葬されるそうだ」

ホッとはしたが、同時に胸の痛みも覚える。

奪われてしまった命は戻ってこない。

お墓ができたら、必ず花を持って訪ねたいとルチアは強く思った。

（改めてあの女性にお礼を伝えたいわ……）

幽霊となって姿を現した彼女のおかげで、自分は脱出することができた。

証明する手立てなどもちろんないが、ルチアはそう信じている。

「もうひとつ、セレスト巫女長の関わっていたであろう事件といえば、俺たちを閉じ込めた御者《ぎょしゃ》の件についても話しておこう。と言っても、こちらは残念ながら肝心な部分が、うやむやなままだ。御者の行方もまだわかっていない。御者を雇った人間を辿《たど》っていった結果、巫女に頼まれたというものに行き着いたが、それがセレスト巫女長だったという証拠までは出てこなかった」

「そうですか……」

どんどん気持ちが落ち込んでくる。

あの御者には裏切られてしまったけれど、彼の身に悲劇が起こることを望んだりはしていなかったからだ。

「事件の話はまた日を改めようか？」

暗い表情になったルチアを案じて、クロードが提案してくる。

ルチアは慌《あわ》てて顔を上げると、首を横に振った。

人の身に起こった不幸に胸が痛んだとしても、その現実を受け止められないほど弱い人間ではない。

「続けてくださいませ」

ルチアがきっぱりとした口調でそう願うと、クロードは眉を下げて頷《うなず》いた。

こういうときのルチアが決して引かないことを、彼はよく知っているのだ。

「カノッキア神殿を調べると、そこらじゅうからセレスト巫女長が使った身代わり人形の残骸《ざんがい》が出てきたらしい。セレスト巫女長は、魔法で作成した自分の身代わり人形をカノッキア神殿に残し、たびたびルチアの周囲に現れていたようだ。恐らくそうやってルチアを攫《さら》う機会を窺《うかが》っていたんだろう」

でもルチアの傍《そば》にはいつもクロードがいた。

セレスト巫女長は、自分のもとへルチアを誘《おび》き寄せようとして脅迫状を送りつけたわけだが、その行動によってルチアの周囲を警戒させ、自分の首を絞めることになったわけだ。

「オペラハウスでも、君から目を離すべきじゃなかった」

膝《ひざ》の上で拳を握りしめたクロードが悔しげに呟《つぶや》く。

ルチアが失踪《しっそう》した後、きっとこうやって彼は何度も自分を責めたのだろう。

ルチアは腕を伸ばすと、クロードの拳に自分の掌《てのひら》を重ねた。

驚いたようにクロードが顔を上げる。

「でもクロード様は私を見つけてくださいました。クロード様が来てくれなかったら、私はあのまま殺されていたと思います」

クロードはルチアの手を取り、ぎゅっと摑むと、苦しげな溜め息を吐いた。

「間に合って本当によかった。あのときのことを思い出すと、今でも胸が痛くなる」

「そういえばどうやって私の居場所を見つけ出せたのか、まだお伺《うかが》いしていませんでしたわね」

「俺は何度か暴走した君の魔法を喰らったことがあるだろう？　あれのおかげで、君の魔法が体に刻み込まれているんだ。その状態でなら、感覚さえ研ぎ澄ましておけば、君の魔法が発動された際、気配を感じ取ることができる」

たしかに有能な魔法の使い手は、他人の魔法の気配を記憶することができると聞いたことがある。

クロードほど能力が高ければ、可能なのだろう。

「君がいなくなって数日間、ずっと君が魔法を発動させてくれるのを待っていた」

ルチアは、セレスト巫女長によって、何日間も魔法が使えない状態にされていた。

だから魔法を使って、神殿から脱出したタイミングで、クロードが駆けつけてくれたというわけだ。

「君の魔法の気配を感じた俺はすぐ、カノッキア神殿を目指したんだ。移動魔法を利用してできるだけ急いだが、それでも遅すぎたと後悔している。……ごめんね」

カノッキア神殿から王都に移動する馬車の中でも、クロードは繰り返し謝罪の言葉を伝えてきた。

「もう、クロード様。謝ったりしないでくださいと、何度もお伝えしたでしょう？　私が捕まってしまったのは、クロード様のせいではありません。一人で行動をしたうえ、隙《すき》だらけだった私の自業自得《じごうじとく》なのですから」

「それは違う。そもそも俺は、君をしっかり守るとディーノ殿下に約束したことで、君の隣にいる権利を得ていたのだから。……殿下は俺の失態を許さないだろうな」

クロードが寂しげに視線を逸《そ》らす。

「まさかディーノ殿下にお咎《とが》めを受けたら、私の傍から離れるつもりですか？」

クロードは無言のまま何も言ってくれない。

ルチアはそれにムカッとなった。

ルチアの運命を巡る問題はまだ解決していない。

だからルチアには、まだクロードの助けが必要だ。

でも今のルチアの心を占めているのは、そういった表向きの理由などではなかった。

「私はお友達としてクロード様がとても好きです。ずっと傍にいてほしいと思っています。婚約者だからといって、ディーノ殿下に阻《はば》まれるなんて絶対に嫌です。ディーノ殿下の言い分に従うと言うのなら、クロード様に対しても怒りますわよ？」

「君に怒られるのも好きだけど、その理由でならちょっと嫌だな……」

クロードが情けない顔でルチアを見上げてくる。

「君の傍を離れたいわけじゃないんだ。だって俺は……」

何かを言いかけたクロードが、歯切れ悪く口籠《くちご》もる。

ルチアが知っている中でも、もっとも能力が高い魔法の使い手であり、散々社交界で浮き名を流してきた色男。

そんな彼がここまで弱りきった素振りを見せるのは、ルチアの前だけだ。

ルチアは、強いくせに頼りがなくて、ろくでなしなのに底なしに優しいクロードが好きなのだ。

「……ねえ、ルチア。俺がどんな気持ちを向けても、友達だと思ってくれる？」

今だけの暇《ひま》つぶしの相手くらいに思われていることはわかっている。

（自分は適当にあしらうけど、私からは友達だと思われたいってことなのかしら？）

ルチアには、ろくでなしの思考回路など理解できないが、そんなことをわざわざ確認しなくても、こちらは勝手にクロードを友達扱いし続けるつもりでいた。

「クロード様がどんな人でも、あなたは私にとってずっと大切な友達ですわ」

「……そうか」

クロードがそろそろと顔を上げる。

ベッドの縁《へり》に左手をついた彼は、ルチアのほうにゆっくりと身を乗り出してきた。

彼の右手がルチアの頬に触れる。

ルチアは不思議に思いながら、クロードの瞳を見返した。

切なそうに細められた彼の目から、視線を逸らせない。

「俺は最低だってわかっている。でもごめん。どうしても気持ちを止められない」

静かに彼の顔が近づいてきて――。

気づいたときには、唇を奪われていた。

「君が好きだ。だから絶対俺を好きにならないでくれ」

「……」

ルチアは固まったまま、瞬《まばた》きを繰り返すことしかできなかった。

(な、なに……今の……。何が起きたの……。それに好きにならないでくれって……。……ど、どういうことなの……!?)

あとがき

こんにちは、斧名田《おのなた》マニマニです。

このたびは『殿下、ちょっと一言よろしいですか?2　～無能な悪女だと罵られて婚約破棄されそうですが、その前にあなたの悪事を暴かせていただきますね!～』をお手に取っていただきありがとうございます。

一巻ラストは、主人公ルチアにとって衝撃的な真実が明らかになったところで終わっていたので、続編を出すことができてうれしいです。

二巻では、ルチアとクロードの関係性が発展していく過程を描いてみました。

もちろん一巻に引き続き、不可思議な事件に巻き込まれるルチアの活躍もありますが、一巻よりも恋愛色はかなり強くなったかなと思います。

悪女のふりをしながら、自分の運命をめぐる問題を解決しなければいけないルチアが、恋愛百戦鍊磨と評判のクロードに振り回されまくるところをお楽しみいただければ幸いです！

※ここから内容は、二巻ネタバレの要素を少し含みます。本編読了後にお読みください。

今作は一巻の構想段階から、ヒーローの恋愛を拗《こじ》らせている感じにしたいと思っていました。

一巻の時点では主人公もヒーローもまだお目見え段階だったので、なかなか拗らせ部分を出し切れなかったのですが、二巻ではなんとか拗らせが原因の揉め事まで描けたのでよかったです。

とはいえルチアからしたら、とんでもなく迷惑な相手に好かれてしまったという感じだと思います……。

ただルチアはメンタルの安定しているとても強い子なので、クロードの弱さとずるさをなんだかんだ受け流してくれそうです。

二巻ではまだそういうやりとりまで入れられなかったので、三巻を書く機会があれば、是非描いてみたいです。

さて、昨今の出版業界では、ほとんどの場合、新刊の売れ行き次第で、続刊が出せるかどうかが決定します。

そのため、この物語をお気に召していただけた場合は、ＳＮＳや書籍販売サイト等で応援していただけると、とてもうれしいです……！

最後に、本作でも引き続きイラストを担当してくださったゆき哉《かな》様、担当のＴさん、お力添えいただき本当にありがとうございました！

二〇二四年七月某日　斧名田マニマニ

ダッシュエックスノベルfの既刊

Dash X Novel F 's Previous Publication

『後宮の獣使い2 ～獣をモフモフしたいだけなので、皇太子の溺愛は困ります～』

犬見式

イラスト／羽公

羽《ユウ》を溺愛する眉目秀麗な皇太子・鏡水《ジンシュイ》に最大の危機が訪れる!?
獣を愛する少女の成り上がり中華ファンタジー、第2巻!!

そこは人間と獣が共存し、四つの後宮を持つ「四聖城」。獣の世話をする最底辺の身分・「獣吏《じゅうり》」ながら、皇太子殿下・鏡水に溺愛されている羽は、雪楼妃の事件を解決し、不眠症に悩む高流帝をも、モフモフ猫祭りで癒やした。様々な獣に関わる問題を解決するうちに、四聖城内でも羽は評判になり、鏡水様との仲もますます深まっていく。そんな折、鏡水とともに城下町に降りることになってしまった羽は、そこで二人の仙術師と出会う。何やら鏡水とも顔見知りらしい彼らは、「豊獣の儀」を開催するために呼ばれた男たちだった。獣達の無病息災を祈る神聖な儀式に心躍らせる羽だったが、その裏で仙術師たちが暗躍していて…！？

ダッシュエックスノベルfの既刊
Dash X Novel F 's Previous Publication

『魔力量歴代最強な転生聖女さまの学園生活は波乱に満ち溢れているようです 3』
〜王子さまに悪役令嬢とヒロインぽい子たちがいるけれど、ここは乙女ゲー世界ですか？〜

行雲 流水
イラスト／桜 イオン

トラブルだらけの乙女ゲー異世界学園生活、第3巻！

そんな「儀式」、絶対に嫌です!!ナイに課される次なる試練は…!?転生して孤児となり、崖っぷちの中で生きてきた少女・ナイはある日、聖女に選ばれ、二度目の人生が一変することになる。歴代最強の魔力量を武器に王子の大暴走を制したことで、さらに周囲からの信頼を得たナイ。ただただ愛しい幼馴染と平和に暮らしたいだけなのに、今度は暴れている魔物の制圧と原因究明に手を貸すために、地方領への遠征に参加することに!ナイを「お姉さま」と慕う後輩聖女も現れて、げんなりしながらも森の奥へと歩を進めると、そこには腐った巨大な黒い塊が…!?淀んだ瘴気を撒き散らす、その「竜の屍」を浄化するために、あるとんでもない儀式をナイが行う必要があり…!?

ダッシュエックスノベルfの既刊
Dash X Novel F 's Previous Publication

『時計台の大聖女は婚約破棄に歓喜する　2』

糸加
イラスト／御子柴リョウ

回り出した運命の歯車はヴェロニカとエドゼルに幸せな未来をもたらすのか――!?

時計台に祈りを捧げ、特別な力を扱う大聖女。その力を開花させた公爵令嬢ヴェロニカは、王太子エドゼルと新たに婚約することになる。婚約披露パーティーでの発表で場が祝福に包まれる中、急に王妃ウツィアが二人の婚約に反対すると宣言。その後もヴェロニカに嫌がらせを続ける。しかしヴェロニカとエドゼルはその仕打ちに動じることなく、研究者のユゼックと共に大聖女と時計台について理解を深めていく。一方、一度は投獄されながらも逃げ出したフローラと元副神官ツェザリはヴェロニカを陥れるための陰謀を企てており……！

ダッシュエックスノベルfの既刊

Dash X Novel F 's Previous Publication

『爵位を剥奪された追放令嬢は知っている2』

水十草

イラスト／昌未

愛憎と策略が渦巻く　恋愛×ミステリー、待望の第二弾！

コーヘッドにやってきたガウェインから、今度の休暇に旅行へ行こうと誘われたアリス。第一王子であるガウェインの兄サイラスと数人の令嬢たちとの見合いをかねた旅行らしく、同行するガウェインは彼女らに関心がないため、アリスに一緒に来てほしいというのだ。行き先は最近観光地として復活したバイウォルズ。興味を引かれたアリスは誘いを受けるが、滞在初日から波乱含みの幕開け。人形のドレスが破かれたり、錯乱状態の男が館に乱入したりと不可解な事件が次々と発生してしまう…！ いくつもの謎を解くべくアリスとガウェインは共に捜査を開始するが、二人の距離もいつの間にか近づいていて…!?

Dノベルf

殿下、ちょっと一言よろしいですか？2
～無能な悪女だと罵られて婚約破棄されそうですが、その前にあなたの悪事を暴かせていただきますね！～

斧名田マニマニ

2024年9月10日　第1刷発行

★定価はカバーに表示してあります

発行者　瓶子吉久
発行所　株式会社　集英社
〒101－8050　東京都千代田区一ツ橋2－5－10
03(3230)6229(編集)
03(3230)6393(販売／書店専用)　03(3230)6080(読者係)
印刷所　TOPPAN株式会社
編集協力　法貴仁敬

ISBN978-4-08-632031-3　C0093

作品のご感想、ファンレターをお待ちしております。

あて先

〒101－8050　東京都千代田区一ツ橋2－5－10
集英社ダッシュエックスノベルf編集部　気付
斧名田マニマニ先生／ゆき哉先生